LiLy

さいごのおとこ

20代後半戦、恋愛疲れと、結婚願望

STARBUCKS COFFEE

大人と子供の境界線は、一体どこにあるんだろう。
早く大人になりたいからこそ、いつ大人になれるのかを知りたかった。
そんな中学時代、私はその疑問にひとつだけ、確かな答えを見つけた。

〝20代後半の女は、間違いなく大人である〟。

94年に放送されたTVドラマ『29歳のクリスマス』を観て、
13歳だった私はそう確信した。
しかし、遂に大人の女を発見したその瞬間、
主人公を反面教師として、こう思ってしまった。

20代後半の独身女って、なんだかものすごく切なそう。
よし！　私はそれまでに結婚する！　幸せになるんだ！
そのために恋をしなきゃ！　早く相手を見つけなきゃ！

放課後の教室。
アムロちゃんに憧れて細くした、アーチ眉。
ギリギリまで短くしてはいた、制服のスカート。
ポケットの中には、薬用リップとソックタッチ。
「初恋？　初キス？　初エッチ⁉」
女子グループで集まって、校庭から聞こえてくる
運動部の掛け声よりも大きな声で、キャーキャー騒いでいた。

あの頃、ガールズトークの主役は、〝さいしょのおとこ〟だった。
私たちは〝最初の男と愛し合い二十歳で結婚しよう〟と計画した。

時は流れて、２００８。
私たちはアムラーからアラサー※へ。
あの頃の自分に教えてやろう。

私はもうすぐ、27。
〝さいしょのおとこ〟は遠い過去の人となり、
青春の思い出の中へととっくに消えちまった。
「二十歳で結婚」しなかった私は、20代後半の独身女。
あんたは肩を落とすだろうが、私はあんたに伝えたい。

あんたが怯えていたこの肩書きは、なかなか楽しいぞ。
今の私が「間違いなく大人」なのかは、未だに疑問だ。

14年という時間をかけて、〝女〟が急激に変化した。
31歳になったアムロちゃんは今もトップに君臨し、
映画『SEX AND THE CITY』が象徴する大人の女は40代。
〝女〟の寿命が、あの頃よりも10年、20年と延びた今、
20代後半女は、まだまだ〝若い〟ステージに立っている。

ウーマンとガールのギリギリライン。
トラウマになってしまった〝恋の終わり〟の辛さと、
癖になってしまった〝恋の始まり〟の楽しさの狭間。
いい女の絶対条件に新しく加わった〝キャリア〟と、
女の幸せだと今も言われ続けている〝結婚〟のあいだ。
親世代の保守的な結婚観と現代の自由な結婚観が混ざり合う、
ふたつの時代の中間地点……。

私たちの足元は、
もしかしたら昔よりも、
不安定に揺れている。

仕事帰りのレストラン。
黒いジャケットに、8センチのハイヒール。
バッグの中には、仕事用の手帳とシャネルの口紅。
独身の女同士で集まって、ガヤガヤと賑わう店内の騒音に
かき消されそうなくらい小さな声で、ポロッと本音を漏らす。

「ねぇ、〝結婚〟ってなに?」

20代後半ガールズトークの主役は、〝さいごのおとこ〟。

※アラサーとは、Around30のこと

Contents

Chapter 0. Late in Our 20s, We Wonder……

20代後半女の悩み

とっても旬なお年頃／結果、出会いがありません度★★☆☆☆ 18
食べちゃいたいほど愛おしい長年の恋人／欲情困難度★★★☆☆ 22
右肩上がりのガールズトーク／優しさ時々、プハーッ！度★★★★★ 26
変化を求め、自由を追い、そしてビビる私たち／カメレオン度★★★☆☆ 32
年下男のムリポイント／水色時代を懐かしむ度★★★★★ 36
男の秋／肌で感じてます度★★★★☆ 42
ヤリ逃げされるチャラ男／20代後半女の逆襲度★★★★☆ 45

Chapter 1. What a Fuck is Marriage?

結婚ってなにさ?

結婚とか子供とか家庭とか／「三十路〝くらい〟締め切り説」度★★★☆☆ 50
レズ&ゲイ結婚のすすめ／結婚＝欲情より友情?度★★★☆☆ 54
結婚後もHOTな男／距離感がCOOL度★★★☆☆ 58
恋愛市場から足を洗える!?／結婚には覚悟は必要!度★★★★★ 62
ドキドキの賞味期限／恋のち愛度★☆☆☆ 66
デスパレートな独身女たち／20代後半での〝豹変〟度★★★★☆ 71
デスパレートな涙の理由／不安度★★★★☆ 76
『リアル』な結婚観／自分で見つけるもの度★★★★★ 80

Chapter 2. Romance Holic!

まだまだ恋愛中!

ドラマチックなヒーロー/悲劇のヒロインの大好物!度★★★★☆ 90
男VS.女①/対等難易度★★★☆☆ 92
男VS.女②/上手に甘くナメ合おう度★★★★★ 95
牙を剝く男/可愛いじゃん!度★★☆☆☆ 97
男made by元カノ/元カノ以上の強敵がいた……度★★★★★ 100
『どうして分かってくれないの?』男/そりゃ分からないよね度★★★★★ 104
ツーカーな男/50年後に……度★★★★☆ 107
男のナミダ/胸がグッ!度★★★★☆ 110
青春の粉/本物の恋の邪魔をする度★★★☆☆ 114
5年越しの恋人/恋から愛へ度★★★★★ 118

Chapter 3. Men Who Make Us Wanna Scream, "NO MORE DRAMA!"

恋愛疲れ、させる男

フェイドアウト男／ゲットアウト！度★★★★★ 124
逃げ腰な男／不器用度★★★★☆ 128
「別れよう」と言いやがれ！／それは最後の思いやり度★★★★★ 132
〝別れ切り札〟を出す殿方／姫には通用しなくてよ？ オーホッホ度★★★★☆ 136
ふと遠い男／心の寂しさ度★★★★☆ 139
女の暴走特急にひかれた男／ご愁傷様です……度★★★☆☆ 142
女の妄想殺し男／死ねと叫ばれる度★★★☆☆ 145
修羅場の中心で愛を叫ぶ／シュラチューの盲目度★★★★★ 148
神がかった男／ボランティアの必要なし！度★★★★★ 151
女に生気を吸い取られた男／むしろ生気をお裾分けしよう度★★★☆☆ 156
鬼嫁男①／〝ハニー〟から〝テメー〟へ……度★★★★★ 159

鬼嫁男②／ハニー〟から〝テメー〟へ……度★★★★★ 162
馬鹿男／恐るべし！度★★★★★ 167
女を震撼させる男／恋愛に疲れ、結婚に憧れる瞬間度★★★★★ 169

Chapter 4. Can't Help But Whisper, "i wanna get married……"
あふれる結婚願望

急に愛おしい年下男／持て余す母性愛度★★★★☆ 176
なが～く付き合った男の、次の男／運命ってタイミング？度★★★★☆ 179
あなたは永遠の愛を、誓えますか？／冷静と情熱のあいだに、yes!度★★★★☆ 182
きっと、もっと、いい男①／尽きぬ欲望度★★★★☆ 186
きっと、もっと、いい男②／幻想度★★★☆☆ 189

Chapter 5. Looking for the Very Last Man.

さいごのおとこ

ずっと欲しかった男の体／寂しかった度★★★★★ 194
大人の女になりたかった理由／恋人度★★★★★ 197
30手前の大逃亡／恋の大飛行度★★★★☆ 200
最後の男／運命の出会いは神秘的！度★★★★★ 204
さいごのおとこ症候群／彼弁護より自己弁護？度★★★★☆ 209
「微妙」と言われる男／そんなの関係ねぇ(↑既に死語)度★★★★★ 212
父という男／隠れ影響力度★★★★★ 217
一緒に戦った男／深い絆度★★★★★ 222
娘を大事にしてくれる男／それが、なによりたいせつ度★★★★★ 227
最後の愛の言葉／ありがとう度★★★★★ 233
さいごのおとこ／永遠度★★★★★ 236
Epilogue 242

Chapter 0.

Late in Our 20s, We Wonder……

20代後半女の悩み

とっても旬なお年頃

結果、出会いがありません度★★☆☆☆

「とにもかくにも、出会いがない……」

シングルの女友達は口を揃えて、こう嘆く。どんなに恋がしたいと思っていても、その先にあるかもしれない結婚を夢みていても、出会いがないことには何も始まらない。「5年前とは0がひとつ違う高級コスメでケアしている肌も、永久脱毛済みのボディも含めて、出会う準備はバッチリ整ってる。あ、もちろん、心の準備なんて数年前からとっくにできてる」のにもかかわらず、出会いがない……。仕事が忙しくなるにつれて、当然遊びに出る回数も減るのだが、理由はどうやらそれだけではなさそうだ。

軽はずみなものではなく、心地よい重みを持った真剣な恋愛を、20代後半になった今こそ求めているはずなのに、「10代、20代前半と比べて出会いが減った」とは何事だ。

私は身を乗り出して、彼女たちに聞いた。

「でも、この前デートしたって言ってなかったっけ？」

「あぁ、あの男は違った。あれは〝出会い〟じゃない」

「でも、その後また合コンに行ってなかったっけ?」

「あぁ、行ったけど、結局〝出会い〟はなかった」

そう。出会った後に求めていることが変わるにつれて、出会いの定義も変化した。デートする男を求めていれば、今だって出会いはある。ただ、それ以上の関係を求めているからこそ、デートした男ですら簡単に「あれは出会いではなかった」と切り捨ててしまう。すこし前までは「3回目のデートでセックスするか否か」で盛り上がっていた女が今じゃ、「3回目のデートで、終わらせるか否か」で迷っている。

そう。今までの恋愛の経験から、その男が自分と合うか合わないかの結果を出すのに、デートを3回もすれば十分なのだ。「あの人は私の求めている男とは違った」。そうして、3度のデートはなかったことになり、「出会いがない」という結論にまた舞い戻る。


出会いのなさを嘆いている20代後半女たちの中には、10代の頃から恋人が途切れることがなかった、恋多き女(別名:寂しがり屋さん)たちの姿も少なくない。彼女たちはタバコの煙をスパーッと揃えて、こう言う。

「寂しいからって男と付き合うほど、もう子供じゃないもの！（スパーッ）」

生まれてから一度もタバコを吸ったことのない女友達の口元からも〝白い煙の残像〟が見えるのはきっと、そのスカした口調のせいだろう。

そう。私たちはちょっとスカしている。人生におけるいろんなことを〝30歳までには〟と思ってきた自らの〝三十路〆切論〟に焦りながらも、自分たちがまだ若いことをちゃんと知っているからだ。時代は変わり、〝女〟の寿命はぐ～んと延びた。ラッキー！　ってことで20代後半の私たちは今こそ、アムロちゃんの『SWEET 19 BLUES』で歌われているような、〝大人ぶらずに子供の武器も使えるいちばん旬なとき〟を過ごしている。自分たちが〝旬〟なことを無意識のうちにも自覚しているのだろう、私たちの行動や発言の節々は、どうもスカしている。そしてそういう女こそ、男にダントツの不人気を誇る。

「20代後半の女って、自分は何でも知っているような面して〝上から目線〟ですべてを語るから、ウザい！」、「それに結婚を意識してるからマジで、重い！」。男に20代後半女の悪口を語らせれば止まらない。何故知っているかというと、数年前までずっとそれを聞いてきたからだ。男たちは20代後半の女たちを罵ることで、当時の私の年齢を褒めては口説いた。「23歳が一番いいよ！　女が一番キレイな時だしね♪」と……。

そう。私たちの今の年齢は、10代より、20代前半より、そしてなんと30代よりもウケが悪い。態度は生意気のピークを極め、恋愛に求めているものはとても重たい。男が嫌う2大要素をたっぷり含んでいるという点でも、誰にも負けないお年頃（苦笑）。

男に対するハードルは得意の〝上から目線〟でグングン上がり、今までの経験を生かしては男をバサバサ切り捨てる。そんな態度と行動が男にバレては嫌われる。私たち20代後半女に、出会いが多いはずがないのである。一番旬な時であるはずなのに、なんてめんぼくない状況なんだろう……。笑えないけど、一応（笑）。

食べちゃいたいほど愛おしい長年の恋人

欲情困難度★★★☆

出会いがなくて結婚なんて見えない、と嘆く恋人ナシ女たちの隣にいるのは、付き合いが長すぎて結婚が謎になってきた、とため息をつく恋人アリ女たち。後者であるＦ（27）の悩みはずばり、

「私、すっごい、欲求不満なんだけど……」

踊り疲れてハァハァ息を切らしながら、クラブのバーカウンターの前に一緒に並んでいると、Ｆが私の耳元でそう言った。「なんで？　恋人としてないの？」。私はＦの恋人の、いかにもセックスに強そうな太い二の腕を思い出した（なんとなくね）。「半年してない……」と小声で言ってから、Ｆはカウンターに乗り出すようにしてバーテンダーの男に向かって大声で、「テキーラトニック～♪」と注文した。Ｆが着ている

ミニドレスはほとんどバックレスで、惜しみなく露出された背中には汗が光っている。

「半年はキツイね」と答えてから私も自分のお酒を買って、Fと2人でカクテルをスポーツ飲料のような勢いでぐいぐい飲みながら奥のソファ席に移動した。

「Fってセクシーなのにね。あんたの男は何やってんだか」

私はタバコをくわえたまま、クラッチバッグの中をごそごそやってライターを探りながらそう言った。

「まあね。他人からみれば私はセクシー系かもしんないけど、5年間も同棲してる彼氏からみればペット系だよ」

Fも自分のドレスの胸元から手を入れて、ブラの中でライターを探している。

「ペットね(笑)。可愛がってもらってるけど欲情はしてもらえないって感じね。てか、ライターないね……」

私は諦めてタバコを唇から離してテーブルの上に置いた。

「そうなんだよね。彼もそうだし私もそう。彼のことは大好きだし、食べちゃいたいほど愛おしいんだけど、そういう〝食べたい〟じゃないの。分かる?(笑)」

Ｆと私は同時に吹き出した。「あぁ～Ｈしたくて頭おかしくなりそぉ～」と酔っ払いながら愚痴るＦに、私も酔っ払ってギャーギャー大爆笑。その時は「今日ここにいい男がいたら襲っちゃおっかな～♪」なんてふざけていたＦだけど、１時間後には私と一緒にクラブを出た。「やっぱいい男っていないわ」と冷静に愚痴りながら（笑）。

帰りのタクシーの中でひとり、私は考えた。どうして、付き合いが長くなればなるほど、愛情が深くなればなるほど、セックスの対象として欲情しにくくなってしまうのか。これは男にも女にも共通する感覚で、そんな〝両思い〟は時にセックスレスを生む。男の無防備な寝顔を見て、彼を丸ごとスプーンですくって食べちゃいたいほどの愛おしさが女の胸にふんわりと込み上げてくる時っていうのは、フォークで刺してめちゃめちゃにして食べて欲しい、みたいな過激な情熱が去ってしばらく経った後だ。それは決して、悪くはない。ぬるま湯みたいな愛情が気持ちよくて、居心地が良くて、女の表情を和らげて優しい顔にしてくれる。けど、セックス抜きでそれが続けば、今度は、女の肌も心も欲求不満でガサガサに乾いてくる。

はぁ……。男がいても欲情できなきゃセックス出来ない、か。同棲している男との付き合いが長いといっても、たったの7年。あぁ、結婚なんてしたら、一体どうなるんだろう?

なんて思いながらタバコを1本取り出すと、ライターがなかったことを思い出して私はイラついた。タバコだって、火がなきゃ吸えないもんね……。男女関係の中で一度失ってしまった火種も、コンビニで100円で売ってたら、大ヒット商品になるだろうな。発明したら儲かるかな、なんて酔った頭で私がアホな夢をみていると、タクシーが止まった。付き合って4年半、同棲して2年になる私の恋人が眠る、我が家に到着。

「ただいま〜! 帰ったよ〜! もう朝だよ〜! 起きなさぁい!」

私がいつものように恋人の上に乗っかってゴロゴロと甘えながら起こしていると、寝ぼけ眼の恋人がうっすらと目を開けて、私に言った。

「おはよ〜! なんだよ可愛いなぁ〜。ペットみたいだな〜!」

「…………」(ナイスタイミングで撃沈)。

右肩上がりのガールズトーク

優しさ時々、プハーッ！度★★★★★

これまでだって、いつだって、女同士で本音を炸裂させる男子禁制のガールズトークは楽しかった。が、1年、また1年と年齢を重ね、経験を積むにつれ、その盛り上がりは、右肩上がり。

「あ〜！　も〜！　分かる〜！　マジ分かる！」
「マジで？　マジで？　分かってくれる〜？」

女同士の恋バナのクライマックスは、ここにある。恋愛の中で、〝私だけかな？〟と思っていたふとした感情を、女友達も感じていたということが発覚した時なんかは、〝私だけじゃなかったんだ〟という安堵感を通り越して、テンションが必要以上にぶちアガり、会話がドドッと一気に盛り上がる。そして、そんな風に分かり合えた女友達に対して、「あんたって最高！　愛してる！」というように、突発的に巨大な愛情さえ感じてしまう。
もちろん誰だって、他人と分かり合えれば嬉しい。でも、「だよね～！　やっぱ、そうだよね～！」と半ば発狂しながら、のたうち回っちゃうくらいの喜びを感じている自分に気づいた時、私はハッと我に返った。いくらなんでも、そこまではしゃぐことか？　と……（笑）。そして、盛り上がるキッカケは〝男のはなし〟だったけど、女同士、一度楽しくなってしまえばもう、肝心の〝男〟なんてどっかに吹き飛んでいるのだ。なんなんだ！　この現象は⁉　と私は考えた。

きっと女って、〝他人と分かり合うこと〟を愛しているのだ。いや、それに命をかけているといっても過言ではない。たとえば恋愛の中でも、女が男に「ウザイ」と思われるのは、女が〝分かり合うこと〟に必死になっている時だ。でも悪いけど、どんなにウザがられたってやめられない。だって私たちは、分かり合うために頑張る生き物なのだから。相手が男でも、女でも、好きな人のことを分かりたいと思う。そして、自分のことを分かって欲しいと思う。それが、女の愛情表現であり、分かり合えるためには命をかける！（キラッ）

「まだあんたにはこの気持ち、分かりっこないよ！」

女同士の恋バナ。衝突の火花は、ここで散る。テンションは一気にぶち下がり、この台詞を食らった女は、テーブルの下で握ったコブシを震わせる。〝まだ若い私には、まだ男と長く付き合ったことない私には、まだ同棲したことがない私には、まだ結婚してない私には、まだ子供がいない私には……、わ、分かりっこないだと、コノヤロウ！〟。

「まだあんたには分からない」というのは、女を不快にさせるパンチライン。自分だって分かりたいのに、ちょっと考えてみる隙さえ与えられずに、目の前でシャッターを下ろされた寂しさと、悲しさ。そして、悔しさ。「もう私には分かるけど、まだあんたには分からない」なんて発言は、分かりたい女にとって最も屈辱的な〝上から目線〟。

そう。女は分かりたい。きちんと知っていたい。いろんなことを。いろんな気持ちを。たとえ相手の意見に同意しない場合でも、まずはその状況を分かりたいと願う。分かった上で、自分の意見を言いたいと思う。だから、「あんたには分からない」と言い切られると、無性にムカツク。たとえば恋愛の中でも、女が男に「知ったような口を聞くな」とキレられるのは、女が〝自分も分かりたい〟とムキになりすぎて知ったかこく時だ（笑）。悪かったわよ、でも仕方ないじゃない。私たちは知ったような口をききたいんだもの！（ギラッ）

お分かりだろうか？　女がどんなに分かり合いたい生き物か。（お願いだから、分かってね）。ガールズトークが年々盛り上がりを増す理由は、ここにある。それぞれが経験を積んだことで、分かり合うことのできる感情が増えたのだ。ということはつまり、「まだあんたには分からない」と言われる機会が減った！　その喜びを、20代後半の私たちは今、無意識の内にも大いに感じている。女友達の経験談を聞きながら、「分かる」、「その気持ちも分かる」、「あぁ、それも分かる」と言い続けることのできる自分に、〝大人の女〟を感じては内心、ほくそ笑んでいる。だからこそ私たちは、必要以上に大騒ぎしてしまうのだろう（恥）。

まだ生理が始まる前から私そのままが〝大人の女〟に憧れていたひとつの理由は「子供にはまだ分からない」という憎き台詞を食らわずに済む大人に、早くなりたかったから。そして遂にその〝大人の女〟になれた自分を感じることができる時、私たちは恥ずかしながら、童貞を捨てたばかりの少年のようにイキガッてしまう癖がある（涙）。タバコの煙、プハーッとね。タバコと無縁の女まで、プハーッとね。

だけどね、本当は、他人と分かり合うことに年齢や経験なんて関係ない。同じ恋愛の中でまったく同じ気持ちを経験した人なんて2人といないのだから、「100％分かる」なんて絶対に無理なのだ。でもだからこそ、誰が分かっていて誰が分かっていないのかを〝上から目線〟で判断できる人だって、一人もいない。（同棲したから思ったこと、結婚したから感じたこと、親になったから芽生えた想い……。それぞれあると思うけれど、同じような経験をした者同士が100％同じ想いを持っているかといえば、答えはNOなのだから）。

でも、分からなくても、分かり合いたいじゃない？〝自分の人生〟をひとりぼっちで歩いている私たちは寂しいからこそ、そこに共通点を見つけて、「なんだみんな一緒じゃん」って笑いたいじゃない？

そこで大事になってくるのが、イマジネーション。想像力だ。他人がしている恋を、他人が抱えている気持ちを、相手の立場に自分を置き換えて、いかに想像できるか、が大切なんだと思う。人生経験が豊富な人の方が色んな人の気持ちを分かる、というのは「分かっている」わけではなくて、色々と経験したことで想像力がアップしたということなんだ。だから逆を言えば、想像力は経験さえも補える。そして、この想像力って経験より、ずっと大切で温かいものだと思うんだ。他人のことを分かりたいと思う優しい気持ちから、頑張って想像するわけだもん。

これが、私たちのガールズトークが右肩上がりの、もうひとつにして最大の理由。楽しいことだけじゃなく、痛みだってたくさん経験したことで、私たちは年々優しくなってきていると思うのだ。恋愛のアドバイスひとつをとったって、自分がどう思うかというよりも、相手がそれを言われたらどう思うかを優先して考えるようになった。「絶対に〇〇しなきゃダメ！」なんて、大人の女は口にしたりはしない。もちろん、意見が合わなくて、分かり合えないことに苛立って、喧嘩もするし泣いたりもする。でも、基本的には、「私だったら〇〇するかもしれないけど、あなたが自分でだした答えを、私は友達として尊重するし、応援するよ。あなたが幸せなら、それでいい」。

そう。私たちは女同士、一緒に調子にのってスカしていても、本当はお互いに対しての、揺るがない優しさを持っている。そして、一見分かりにくいかもしれないけれど、10代より、20代前半よりも優しくなってきているのは、男に対してだって同じ。とことん分かり合える運命の男を探すあまり、〝切り捨てゴメン〟スタイルで付き合う男を厳選しているのは事実でも、20代後半女たちは、心の底から溺愛できる、心に持っている優しさのすべてを捧げることができる、さいごのおとこを求めているんだよ。

プハーッ。

変化を求め、自由を追い、そしてビビる私たち

カメレオン度★★★☆☆

カメレオンは、周りの環境に合わせて体の色を変える。周りに溶け込んで一体化することで、敵から身を守るのだ。人間も、似ているかもしれない。私たちは、常に依

存できる仕事や場所や人を求めていて、何かと、何処かと、誰かと、一体化したいと望んでいる。なぜ？　敵から、身を守るために。私たちの〝敵〟は、暇な時間と広すぎる世界。つまり、その中で感じてしまう、孤独。

年明けから夏がくるまでのほとんどのあいだ、私は家に引きこもり状態で仕事をしていた。そして先日、夏の訪れを感じる快晴の水曜日、原稿をすべて書き上げた！　ほんとうに久しぶりのオフ。「やったぁ！　遊ぶぞ！」と意気込んで友達に電話をかけまくった私の耳に次から次へと聞こえてきたのは、愛するハニーの声ではなく、留守番電話の無機質なアナウンス。そうだ、そうだった、と私は頭を抱えた。平日の昼間に、テキトーに電話すれば仲間がテキトーに集まってきてテキトーに遊べる時代はもう、とっくに過ぎていたのだった。みんな仕事をして、毎日を生きている。

「いいよー！　遊ぼうよ！」

そう言ってくれたのは、主婦の女友達S（29）だった。Sは、24歳で結婚した後も仕事を続けていて、1年前までバリッバリのキャリアウーマンだったが、病気をしたことを機に仕事を辞めて家庭に入った。昼下がりのカフェテラスでカシスソーダを飲みながら、Sはため息をついた。

「子供がいない主婦って、ぶっちゃけ、死にそうに暇……。友達はみんな仕事で忙しいしさ……」

たった数日間のオフごときでアタフタし、その時初めて自分の〝仕事依存〟に気付いた私は、Sのため息の重みをとてもリアルに感じた。そして今まで「仕事が忙しいから」と、Sからの遊びの誘いを断っていた自分にもちょっぴり罪悪感……。そんな私の顔を見て、Sが言う。

「仕事にマジで取り組めば取り組むほど、プライベートは犠牲になるものだよ。オンもオフも常に完璧な人間なんて絶対にいない。私も仕事してたから分かるよ。でもね、だからこそ家庭に入ったばかりの頃は辛かった。週6日を仕事に捧げていた私が、その仕事をやめた途端、世界からポツンと取り残されたような気持ちになっちゃったの。もちろん私、主婦業に燃えたわよ。毎日3時間、家の中をピッカピカに磨き上げて、毎日3食きちんと作って。でもね、やればやるほど効率よく完璧にこなせるようになっちゃって、はい、また暇、みたいな……」

仕事に追われる人が一日に一度は必ず思う、〝あぁ！　自由な時間が欲しい！〟という切実な願い。それが手に入った瞬間、人は急に不安になるのかもしれない。

「子供は？　欲しい？」

私が聞くと、Sは「やめてよ～」と言いながらカシスソーダを飲みきった。Sは、今の〝主婦〟という新しい環境に、愚痴りながらも馴染んできたところだという。また仕事を探そうか、と悩んでいた時が一番辛かったけれど、主婦としてダンナを支えると決心したら意識がキチッと切り替わり、今はゆとりのある毎日を楽しめるようになってきたんだとか。子供ができたら、生活はまた、ガラリと変わる。新しい色に染まったばかりのカメレオンは、もう少し、その場所に、そのままでいたいのだ。


「不思議だよね……」

私はレッドアイを飲み終えてからぼんやり呟いた。結婚したいとか、仕事やめたいとか、転職したいとか、引っ越したいとか、新しい恋がしたいとか……。みんな、ひとつの場所に長くいると必ず何かしらの変化を求めるものなのに、いざ変化すると、ビビっちゃう。そしてみんな、何かを変えることによって手に入れようとしているものは、〝自由でキラキラした何か〟なのに、自由って実は、もっと怖い。

誰にも干渉されず、誰を気にすることなく好きなことを勝手にやってよくて、目の前には果てしない時間が続いている。それはまさに、毎日の学校と親の干渉がウザかった10代の頃に、大人になったら手に入れたいと思っていた自由な世界。

でもその中は、想像を超えて、寂しい……。

年下男のムリポイント

水色時代を懐かしむ度★★★★★

「私、年下男はぜーったいムリ！」

という女友達は、少なくない。基本的には〝年下男好き〟の私だが、〝年下男ムリ〟の女たちにその理由を取材するうちに、〝ムリポイント〟が分かってきた。

女友達Ｊ（27）は、年下男Ｆ（21）と、会話をしてみた。

Ｊ「いつも何して遊んでるの？」

F「俺？　あー、休みの時は、ホーミーとうちでチルしてってかなぁ」
J「ん？　し、仕事は何してるの？」
F「即日キャッシュで金ゲトれる系のゆる〜い登録系のやつ？」
J「ん……」
F「お姉さんは、音、何系聴いちゃう系？」
J「ん……、R&Bとか好きだけど、そんな詳しくはないかな」
F「あぁ〜、そっち系だ。けっこうゆる〜いバイブス出しちゃってる系だぁ！」
J「は、はいっ？」

会話に、ならなかった。相手の言語が、よく理解できなかったのだ。

女友達H（26）は、年下男M（22）と、デートをしてみた。

H「そろそろご飯食べない？　どこ行く？」
M「あ〜、俺よく分かんないから、任せるよ」
H「……。ん〜、何食べたい？」
M「俺、あんま金ないから、そんな高くないとこがいいな」

H「……。じゃ、ここ入ろう。値段のわりに美味しいから！」
M「なんか、すげ、オシャレな店だね。キャンドルとかあるし……」
H「そうかな？？（驚）」
M「なんか、そういう高級な雰囲気、俺ちょっと苦手なんだよね」
H「……ここ、TO THE HERBSだよ。チェーン店だよ！　いったい、どうしてっ？」
次のデートは、なかった。リードしてくれる云々の前に、価値観が合わなかったのだ。

女友達W（25）は、年下男Z（19）に、夢を語られた。
Z「俺さぁ、地味に生きるとか、マジ無理なんだよねぇ」
W「地味って？」
Z「リーマンやって、給料もらって、みたいなの、ホント無理！」
W「え……。じゃあ、どんな風に派手に生きるの？」
Z「地元の奴らとさぁ、一緒に上あがってきたいわけよ！　マジ、絆固いから！　小学校から一緒の奴らばっかでさぁ！　で、俺ら、みんなで会社立ち上げんのよ」
W「すごいじゃん！　何の会社立ち上げるの？」

Z「アパレル！　Tシャツつくってネットで売るんだ！」
W「アパレルの経験は？」
Z「ねぇよ。せこせこバイトとかしたくねぇもん」
W「え……。ネットビジネスも最近は難しいけど、仲間の中に詳しい人はいるの？どうやってそのWEBショップにアクセス集めるつもり？」
Z「俺ら、地元に知り合い多いからそこは大丈夫っしょ‼」
お話に、ならなかった。なんだかものすごく、若い。それだけは確かだった。

女友達S（29）は、年下男B（20）に、CDを借りた。
B「このアーティスト知ってる？」
S「ううん、知らないから聴くの楽しみ！」
B「このCD、マジでテンションあがるぜ！　てか、しばらく持っていていいよ。俺、コレで聴いてるからさ（それをポケットから自慢げに取り出す）」
S「……（なんでそんなに誇らしげ？　と思いながらも）あぁ、どうもありがとう」
B「お前もいつかiPod買ったら、この曲入れるといいよ！　マジ、すっげぇ便利だぜ、

iPod！　チョー　オススメ！」

Sは声が、でなかった。不意打ちに〝お前〟呼ばわりされ、何かと思えば、数年前から当たり前に持っているiPodを、今更激しくオススメされたのだ。

年下男は胸を張って続けた。

B「ま、コレ2万もするやつだから、今日明日にってわけにはいかないだろうけどさ。買ったらこの曲も入れて、持ち運ぶといいよ！」

Sは、翌日すぐにCDを返し、年下男との連絡を絶った。金銭感覚が違いすぎる上に、音楽の趣味も合わなかったのだ。Sは、鼠先輩という名のアーティストの「六本木～GIROPPON～」という曲を、自分のiPodに入れて持ち運ぶ気にはなれなかった。

若さって、すばらしい。青春って、キラキラしている。だけどそうか、若いって、こんなにも恥ずかしかったのか。忘れてた……。

女の精神年齢は、男より6歳上だと言われている。20代前半男子の中には、こんな風にして私たち20代後半女子に、懐かしの中学時代――プレ青春の水色時代――を思い出させてくれる方たちが少なからず存在しているのだ。思い返してみれば私たちだって、仲間うちだけの流行語みたいな言葉を使ったし、キャンドルライトの光るレストランなんてソワソワしたし、友達同士でムチャな夢をみたし、お年玉もらわなきゃ2万円の商品は買えなかったし、わけのわからない流行ソングだって聴いていた。中学生の頃は！　そんなん、今更、ムリである。

——とここまで書いて、私はあることを思い出した。10代の頃、20代後半の年上男に恋をしていた女友達の中には、男と同年代である20代後半女に、その男をとられた子も少なくなかった。そのたびに私たちは顔を真っ赤にして、20代後半女の悪口を言ったものだ。

「なんかぁ、27歳のその女、新幹線はグリーン車しか乗らないんだって！　すげービッチだよね。私は普通の席でも満足できるイイ女なのに！」

「つーかぁ、29歳のその女、せめて一年に一度は高級レストランに連れてけって彼に言ったらしいよ。すっごいワガママじゃない？　私は彼と毎日サイゼでも幸せなのに！」

「20代後半女って、高級志向で物欲主義のクソババァだよね！」

いざ自分たちがその年になってみると、そりゃあグリーン車くらい乗るし、毎日のデートがサイゼリヤではまったく幸せを感じられない。そして、そんな私たちが高級志向で物欲主義のクソババァと呼ぶのは、旦那に億ションを買ってもらった30代後半の玉の輿女のことだ。（当時と同じく、その心は、嫉妬から……）。

男の秋

肌で感じてます度★★★★☆

ファッションの先取りとして着ていたはずの秋服でも、いつの間にか既に肌寒く、「あ」。ふと、季節が冬に向かっていることに気付く時、女は下唇をキュッと噛む。あぁ、なんて切ないの、10月の空気の、この感じ。「彼をそっと抱きしめたくなる……」と呟く、恋人アリの女友達に、「自分をキック抱きしめたくなる……」と泣く、恋人ナシの女友達（笑）。と書きたいところだが、笑ったら殺される。

そう。このシーズンの到来だ。クリスマスまでに、男が欲しい！　人肌恋し、秋空よ！

「あぁ、やばいなー、あと2ヵ月で男できんのかなぁ……」

なんてシングルギャル同士、マックで、月見バーガー片手に話していたのは、いつだっけ。網タイツが流行っていたあの頃がとても遠い昔に思えるのはきっと、私がこの秋、26歳の誕生日を迎えるからだ。20代前半と、後半、もっと狭く言うならば、24歳と26歳。たった2年の間に変わったことの一つに、これが挙げられる。「クリスマスだから恋人が欲しい」なんて、たとえ思っていたとしても、口に出して叫ぶ女が、周りからいなくなった。イベントに合わせての恋に落ちよう計画なんて、24歳のギャルが言えば青春だが、26歳の女が言えば浅はか過ぎて痛い。そう。20代後半の女は、色んな意味で、素顔のままじゃ危険なのだ。

「でもさぁ、周りの友達に恋人がいればいるほど、自分だけクリスマスの予定が空くでしょ？　その夜だけでいいから抱いてくれるイケメン、どっかに落ちてないかな、とか思うよね……」

今年のボジョレーヌーボー解禁を心待ちにしている女友達D（26）が本音をぶっちゃけた。寂しいってだけで男と〝付き合える〟ほどの時間を持たない大人な女は、寂しい夜に〝抱き合える〟イケメンを探している様子。「適当な男に捧げる3年間はなくても、3時間はあるよ」ということらしい。「どうせセックスだけなら性格も仕事も何も関係ないからイケメンでないと」いけないらしい。

食欲の秋、スポーツの秋、読書の秋、と色々あるけど、女が何よりも肌で感じているのは、男の秋……。マクドナルドの秋限定月見バーガーは食欲旺盛なシングルギャルに任せるとして、女ざかりなシングルウーマンが何より待ち望んでいるのは、TSUTAYAのクリスマス限定キャンペーン、「イケメンレンタル」の開始。なぁんて冗談で私が笑っていると、Dは真顔で言った。

「それ、一石二鳥だよ。もう26歳だし、ひがみだと思われたくないから態度には出さないでスカして歩いてるけど、この季節、街でいちゃついてるカップルみると、撃ち殺したくなるもん。日本が銃社会じゃなくて、ほんと、良かった」

「…………」

24歳から26歳。たった2年で変わったことが、また一つ。女はどんどん、怖くなる。

ヤリ逃げされるチャラ男

20代後半女の逆襲度★★★★☆

やりにげ［ヤリ逃げ］（名）スル
基本的には、男が女と性交渉に及んだ後で謎の失踪を遂げる、という軽犯罪。

「ホテルに行った次の日から、あいつ電話に出ないんだけど！（涙）」という女友達からの通報を受けた時に、「えーっ！　まじで？　ありえないんだけど！（怒）」なんて声を大にして叫ぶ婦人警官は既にいなく、誰もが「それ、やられたね」と冷静に答えるのみ。

それは、私たちがもうティーンエイジャーではないからだ。ヤリ逃げなんて、旬をとっくに過ぎた事件であり時効はとっくに過ぎている。というわけで私たち女は、今更そういうサムイ目に遭わない様にとても慎重になっている。しかしその一方で、10代の頃の仕返しの様に、20代になった女たちがある種の男たちをヤリ逃げしているという。

「なんかさ、俺、女にカラダ目当てにされることが多いんだけど……」

男友達Z（26）からの通報が入った時、私が吹き出さなかったのは、Zがかなりのイケメンだからだ。（説得力アリ）。そして、月収6万だから。（更に説得力アリ）。ふ〜ん、なるほどね。ルックスがいい男とはセックスはしたいけど、結婚したくはないから付き合えない、という女たちがいるのだろう。

「ボーイトイじゃん！　かっけ〜！」と私がちゃかすと、Zはムキになって言った。

「いや、すっごい年上の女とか人妻とかだったらまだいいんだけどさ、最近年下の女にまでナメられてるっつーか！　だったらセックス料金くれよって感じ!?」

私は思わずため息をついた。このオラオラな性格、全然変わってない……。こんな調子でZは、10代の頃から散々女を泣かしてきた。ヤリ逃げ常習犯だったのだ。「付き合ってオーラを女に出された瞬間に、ウザくなるんだよね。電話とかも出たくなくなるっつーかー」というかつてのZのチャラい口癖を思い出し、私はおかしくなってきた。まさか、今度はZが女にヤリ逃げされるとはね！　ぶっ！（ざまぁみろ）。

「あのねー、それはあんたがいつまでもチャラいからだって！　10代の頃はチャラ男ってモテるけど、20代になると女は手の平返した様にチャラ男を恋愛対象から外すの！　ちゃんと仕事しなよ！　もう26でしょ？」と私が言うと、Zはシレッと答えた。

「週2でバイトしてるっつーの！」

「週5でしろよ！」

私が即突っ込むと、仲間のクラブイベントが週3回行われているからそれは出来ないとの答え。Zは不満そうな口調で続けた。

「なんかさぁ～、ついこの前ホテル行った女と昨日たまたま道で会ったんだけど、そいつ、なんか真面目そうな冴えないリーマンと一緒にいてさ、俺の方見向きもしねぇの！　俺、人間不信になりそー！　女ってマジこえ‼」

まぁ、こえ～よ、お互い（笑）。

結婚ってなにさ?

Chapter 1.

What a Fuck is Marriage?

結婚とか子供とか家庭とか

「三十路〝くらい〟締め切り説」度★★★☆☆

「元カレと、戻りたいなぁ…」

梅雨も近い、雨降るフライデーナイト。東京タワーの赤い光が窓からぼんやり見える青山のカフェにて、女3人。アイリッシュコーヒーを啜りながら、女友達S（27）がそう呟いた。

Sが2年前に別れた〝元カレ〟は、半年前くらいからまたSの話題によく出てくるようになった。「明日久しぶりに会うんだけど、どうなるんだろ。より戻しちゃったりするのかなぁ」という微笑みが半年前。今、目の前のSは、引きつった顔で続ける。「ちょくちょく会ってはエッチして。アイツ、どういうつもりなんだろ！ 3年も付き合った男なのに、何考えてるか、全っ然分からない！」。数年前、2人が結婚を考えていた頃、まさか2人の関係がセフレに落ち着くとは、誰も、全っ然分からなかった。

「元カレのことがまだ、そんなに好きなの？」

運ばれてきたサラダをむしゃむしゃ食べながら、女友達M（22）がSに聞いた。洋ナシタルトをつつきながら、私も続けた。

「ほら、元カレってさ、寂しい時に、〝寂しいから〟思い出すってのもあるじゃない？」

Sは、アイリッシュコーヒーをまだちょびちょびと啜りながら、う〜んと唸る。

「確かに、それもあるのかなって思うの。でもね、元カレの他にデートしてる男もいるけど、やっぱり元カレがいいって思うんだよ。なんでだろ？」

私は頭の中に、ふたりの男を並べてみた。Sがたまにデートしている男（31）。派手系イケメン、独身貴族、自由人パーティピーポー。元カレ（29）は、地味系イケメン、正社員、真面目な一般ピーポー。とても簡単に、答えが見えた。

「元カレが一番、〝結婚〟に結びつくからじゃない？」

するとSもアッサリ、「あぁ、うん。そうだね、やっぱそれがでかいかな〜」。今すぐに結婚したくて猛烈に焦っているわけじゃないけれど、〝3年後くらいの結婚〟に対してはほんのりと焦っている20代後半女、私とSは、「ま、結婚はそりゃ、考えるよねぇ」とため息を重ねた。22歳のMも、「ま、分かるよ。私も〝8年後の結婚〟は意識するもんな〜」。

はい、でました。私たち20代女の口癖、「三十路〆切説」。しかしお気づきだろうか、20代後半の私とS、20代前半のMの発言の微妙な差に……。数年前まではMと同じように「30歳までには」と言い切っていた私たちは、20代後半になって「30歳くらいまでには」と締め切りを若干、延長しはじめたのだ（笑）。（「20歳までには」、「25歳までには」と、締め切りを今までも繰り下げてきた私たちにとって、これは慣れっこの技なので、〝くらい〟をくっつけ始めたことを自覚していない場合がほとんど……）。

しかし、〝くらい〟をつけても焦りはそう緩和されるものでもない。「今すぐどうにかしなきゃ！」と脂汗ダラダラ流しちゃう感じではなくても、「数年後のために今から何か動かなきゃなぁ」というモヤモヤした焦りが続いているのだ。だから私たちは常に、「今」よりも「数年後」を重視してしまう。いや、しすぎてしまう。

たとえば27歳の誕生日。「27歳Yeah!」と盛り上がりながらも、心の中での〝あと3年〟というカウントダウンは決して忘れない。いや、忘れられない。17歳の誕生日は、「17歳Yeah!」オンリーだったのに！　そして、目の前の〝今〟が何より大切だったから、〝今の自分の気持ち〟もクリアーに見えていた。

20代後半。〝数年後〟を大事にするあまり、〝今の自分の気持ち〟が見えなくなっている迷子女子、急増中!

デザートのフォンダンショコラを3つのフォークでつつきながら、私たちはこうまとめた。

「でもさぁ、数年前、Sが元カレとラブラブだった時、まさか3年後にはセフレ状態になってるなんて誰も思わなかったじゃん? だから、未来なんて分かんないんだって! 未知なる未来を大事にするより、やっぱ、今っしょ、今! 雨もあがったし、これ食べ終わったらそろそろ行こっか!」

明日も仕事だし2、3時間だけクラブで踊って帰る、というオシャレなキャリアガールならではのフライデーナイトの予定だった。結局、一晩中アホみたいに踊りまくり、朝の7時に渋谷のファミレスにて、女3人、ステーキ定食(とろろご飯付)をがっつくことになるとは、この時は誰も知らなかった……。

ほらね、数時間後のことだって分からない。未来は常に、オシャレにゃ~動かん。〝数年後〟を頭から消し去ることなんて不可能だけど、〝今〟目の前にあるとろろご飯は、サイコーに美味い。そうだよ、今を、もっと、きちんと、味わおうじゃない！　それにさ、実はけっこう幼い私たちのことだから、「結婚とか、考えるよねぇ。焦るよねぇ」って〝言いたい年頃〟っていうのもあると思うんだ。女同士で「だよね、だよね」って言い合って笑うのはアリだけど、あまりにも言い続けているうちに本当に焦りを加速させるのはナシだと思う。

だって、独身って、けっこう楽しくない？

いや、かなり、楽しくない？

レズ＆ゲイ結婚のすすめ

結婚＝欲情より友情？度★★★☆☆

週末の深夜は常に新宿二丁目を徘徊している〝おこげ〟な女友達Y（29）と、たまには爽やかな遊びでも、ということで日曜日の公園に遊びにきた。「すっごい久しぶり

〜♪」と子供のような無邪気さでブランコを漕いでいた私たちだが、いつの間にか話題はゲイの恋愛事情に……。

「彼等は、自由だよね。〝子供〟とか〝結婚〟っていう縛りがない分、いつまでも自由に恋愛してる気がする。たまに、なんだか羨ましくなっちゃう」とYはポロリと本音をこぼした。一応、男女間の恋愛だって自由っちゃ自由だけど、女が子供を産むには年齢制限がある。で、子供が欲しけりゃ、自然と子供を産む環境として結婚を意識する。結婚したら、他の人との恋愛は禁止ってことになっている……。すなわち子供が欲しい女が自由に恋愛をするには、年齢制限があるということになるのだ。ブランコをゆらゆらさせながら、Yは続けた。

「それに、男と出会って〝好きかも〟って思っても、結婚相手にならないような男じゃ、付き合えないもんなぁ。子供が欲しい私にとって、29歳から数年間ってデカイもん。好きってだけじゃ私の貴重な時間を捧げられないよ。ほらね？　全然自由に恋できない」

うんうん、と頷きながら私も言った。

「最近み〜んなそう言ってるよ。子供とか結婚なんて興味ないっていう友達以外はね。

〝最後の男〟になり得る男としか、付き合いたくないって」

そう考えてみると、〝好き〟という感情だけで自由に恋愛できるのは10代～20代前半までの約10年間だけということになってしまう。(情熱ではなく、条件で結婚を決めるといえば聞こえは悪く、〝ロマンティック〟からは遠くかけ離れるが、自分の子供を安心した環境で育てたいというメスの本能がそうさせるという説もある)。ということは、私たち異性愛者の女は損をしているのだろうか、と思ってから、「でも……」と私は言った。

「彼等の中には結婚に憧れる人も多いでしょ？　子供を持つことにも。私の友達のゲイカップルは養子をとって一緒に育てるって言っているし。カリフォルニア州が今年になってやっと、同性愛者の結婚を認めたくらいだしね」

「そうそう、ちょうど昨日もその話題になってさぁ。みんな同性愛結婚を認めている国で暮らすゲイを羨ましがってたよ。日本ではまだまだ当分、認められる兆しは見えないって嘆いてた。でね、そんな話をしていたら、若いゲイ男の子がスナックのオカマママに相談してたの。親のことも考えると、男同士ではなくて、女とのいわゆる〝フリー〟の結婚ができたらいいなって思っちゃうって」

オカママの出した結論は、「ならばオランダに飛べ」。(?)。なんでも、オランダにはゲイ&レズの夫婦が多いんだとか。割り切った友情結婚で、子供を作るためだけにセックスをして、自分たちの子供を友情溢れた家庭で育てる、というものらしい。見た目は男&女のカップルなため、社会的にも暮らしやすい。で、もちろんお互い自由に恋愛OK!

〝どんな子供が育っちゃうんだろ?〟と一瞬思ってから、私はすぐに考えなおした。

「欲情よりも友情が溢れた家庭の方が、子供にはいいのかも……。だって、欲情し合う2人って、時にドロドロ。燃えたぎる嫉妬が巻き起こす喧嘩なんて、もうめっちゃ激しいし! その点、友情は常に安定していてピースフル。それに、レズ&ゲイ夫婦って昔からの友達同士で結婚する男女と、ちょっと似てる!」

結婚前の異性愛者、Yと私はブランコに座ったまま、考え込んでしまった。友情の方が欲情よりも子供を育てる環境には向いている種類の愛だけど、そもそも欲情しなきゃ子供は出来ず、しかしもはや欲情だけじゃ〝子作りする男〟は選べず、自分の子作り体内時計がチクタク時を刻みはじめた中、一体どうしたらよいのだろう、と……。

日曜日、真っ昼間のブランコライドも、私たちにはそう爽やかなものではなくなっていた。(涙)。

結婚後もHOTな男

距離感がCOOL度★★★☆☆

「ねぇ、愛情と欲情って両立できると思う？」

久しぶりにかけた国際電話で、フロリダに住む女友達S(25)に私は聞いた。「YES!」とキッパリ答えた彼女に、「ええ!? 絶対あんたはNOって言うと思った!」と私が驚いたのは、Sは数年前、それらを両立できずに離婚したからだ。(高校生の頃からの恋人同士だったSカップルは高校卒業後すぐに結婚したが、セックスレスになり、お互いが浮気に走って離婚した)。「だって今の恋人と付き合って2年になるけど、愛情と欲情を両立できているもの。SEX IS HOT!」とSは得意げに言い、「でも、それにはコツがあるのよ」と付け加えた。

Sの分析によると、彼女の1度目の結婚が崩壊したのは、夫婦間の距離が近すぎたせいだという。「どんなに愛し合ってたって、結婚してたって、所詮は他人同士でしょう？　だから、完全に100％理解し合うってことは無理なのよ。でも、当時私たちは若かったし、それが可能だって信じていたから、限界ギリギリのところまで歩み寄ったのよ」と、Sが言うので、「うん。でもそれってどんなカップルもするものでしょ？　愛する人と理解し合いたいと思うのは当然だもん！」と私はちょっとムキになって口を挟むと、「歩み寄ったって言えば聞こえがいいけど実際は、〝ありのままの自分を全部見て欲しい〟っていう欲望のもとに、お互いが素の自分をとことん曝《さら》け出し合ってたの。今考えると、相手に見せなくていい自分の姿ってものもあるのよ」とSは断言した。現在の恋人とは、2年経った今でも〝いい意味で〟他人同士なため、今でもロマンティックな関係が続いているという。「だけどなんだかそれって、割り切った関係のようにも思えるなぁ。ちょっと冷めてるっていうか……」と私が言うと、Sは、「あら、HOTよ」と笑った。

結婚って、私にはまだよく分からないけれど、他人だった男と家族になる、という点がとても不思議で、そしてその不思議さがとてもロマンティックだと思う。自分とは遠く離れたところにいた男が、一気に、自分と一番近い家族になる。『遠く』から、『近く』に。『男』から、『家族』に……。愛という魔法による不思議で素敵な結びつき。ただ、人の体は、自分と近い者に対して欲情しないようインプットされている。近親相姦は、血を濃くしてしまうからだ。かつては遠くにいた男と、あまりにも近づき過ぎてしまえば、ロマンティックでＨＯＴな空気が漂う隙間さえなくなってしまうのかもしれない。そうして体の結びつきがなくなれば、今度はＣＯＬＤな隙間風が２人の間に吹き込んできてしまう。……。そう考えるとやはり、「適度な距離感がＨＯＴをキープする秘訣」ということになる。

「そういえば……」とＳが言った。「この前公園で、50代の夫婦が情熱的なディープキスをしてるのをみたの。私、嬉しかった。結婚して時間が経っても、あんなキスが出来るんだぁって。きっと彼等も、適度に距離を保ってるんだわ♪」。私は「え〜」と納得いかない声をだしてから、続けた。

「彼等、再婚したばっかりで新婚ホヤホヤなんだよ。それか、浮気相手同士とか。だってそこ、離婚大国アメリカでしょ？（笑）」

「あら、日本って離婚少ないの？」
「いや、現在急増中……（苦笑）」

今の私たちがしているような〝自由恋愛〟（親たちの世代はもっと保守的だった）が日本よりも早く広まっていたアメリカは今や、〝結婚と離婚を何度もくりかえす国〟に。フランスは、事実婚というかたちをとる〝一度も結婚しない国〟に。これから日本は、どちらに進むのだろう……？（どっちも嫌なんだけど、〝結婚＝永遠の愛〟という方程式が極めて実現困難であることを表している、無視できない二択だよね）。

アメリカ人の女友達（25）も、フランス人の女友達（26）も、そして日本人の私（26）も、心をひとつに「永遠の愛が欲しい」と思っているというのに、永遠とは一体、どこにいけば、なにをすれば、手に入るのだろう。

恋愛市場から足を洗える⁉

結婚には覚悟は必要！度★★★★★

そりゃあ辛いことも多いけど、恋愛ってやっぱり、最高に楽しい。特に、両想いになるまでの、そして両想いになってからも関係が安定するまでの、あの〝ドキドキソワソワ感〟はある種のエンターテイメント。惚れてしまった男の一つの行動、一つの発言にいちいち全身で反応し、クールになれずについつい髪を振り乱し、胸の高鳴りと撃沈が繰り返される、恋という名の精神的ジェットコースターは、遊園地のそれよりも遥かに心臓に悪い。そして、実際にその中で暴走している時は、決して楽しいとは思えない（生きた心地がしない、と言っても過言じゃない）けれど、恋を振り返る時、〝一番楽しかった〟と思えるのは、いつだってそんな〝ドキドキ期〟。男に惚れ込んだ分だけテンパッてしまうあの〝非日常〟って、超刺激的♪だからこそ、恋の始まりは癖になる。で、何度も恋を繰り返し、その味をしめてしまった私たちは果たして、恋をすることをやめられるのだろうか……。

「ねぇ、結婚したら、もうあのドキドキからは無縁になるってことだよねぇ？」

私の横でリップグロスを重ね塗りしている恋多き女友達L（27）に、渋谷TSUTAYAの女子トイレで聞いてみた。「ん〜、まぁね〜。でも不倫する人はみーんな、その失ったドキドキを求めてって感じなんじゃないの〜？」。Lは鏡の中の自分に視線釘付けのままぼんやりと答えた。「でもさ、不倫する前提で結婚する人はいないでしょ？　ってことは、結婚する時には一度腹をくくったけど、やっぱり駄目で、また新しい恋をしちゃったってことなのかねぇ？」胸の谷間を手作りすべく、ブラの中に手を突っ込みながらFは答える。「そうだよね〜。でも私はまだまだ、この胸のドキドキからは引退できないな〜！　だってさ、今から30分後には彼に会えるってだけで、ほら、触ってよ、こんなに心臓ばくばく！」。ムニッとしたLのおっぱいの感触を右手に感じながら、その奥のドキドキを私は探る。「ん〜、ヌーブラ越しに鼓動は確認できないけど、ま、あんたの興奮は伝わったよ（笑）」。

終電間近の0時過ぎ。渋谷の交差点。惚れた男に会いに行くために浮き足立つLとバイバイしてから私は考えた。〝そういえば私もこれから好きな男に会うんだよなぁ。でも同棲中ともなると、会うためにいちいちメイクも直さないよなぁ〟。そう、こういう時！　シングル、恋愛市場の中で〝現役〟の女がとても羨ましくて仕方なくなる瞬間って。そして、「あ〜もう！　今最高に楽しい！」と必要以上に大声でシャウトしていたLも、恋人アリゆえに恋愛市場から引退ぎみの私に〝ウフフ〟という優越感を持っているに違いない。

惚れた男との関係が安定するまでの恋愛第1ステージ（ドキドキ期）真っ只中の女友達L（27）と、安定しまくり同棲中（ノンドキドキ期）の私（26）は、2人で六本木のカラオケに来ていた。「ねぇ、この前さ、Lはしばらく恋愛のドキドキから引退できないって言ってたじゃん？〝引退〟ってすごく適切な表現かもなぁって思ってたのよ！　恋の楽しさを知ってしまった現代の女にとっては、結婚って、そんな青春の思い出がたっぷり詰まった〝恋愛市場からの引退〟でもあるんだよね！　自由恋愛になった今、結婚しなくってもセックスはおろか、同棲だってできちゃうし、結婚して得られるものが減ったじゃない？　そうなると逆に、結婚することで失うものだけが目に付くようになってきたのかもしれない」。

私の熱い問いかけから、今夜のガールズトークが始まった。（カラオケで、私たちはたっぷりと語ってから、1、2時間後にやっと歌いだしたりする）。

「そうだね。結婚すれば、安心して子供が産める。家族が出来る。精神的にも経済的にも今より安定するかも。でも、結婚したら、確かにもう〝新しい恋のドキドキ〟には出合えない。というか、それってば違法行為に近い。それ以上に怖いのが、はじめは男と女2人の世界だったものが拡大されて、姑とか小姑とかそういう家族の余計な問題が増えてくる！」とLは真剣に意見を述べてから、最後にまとめた。「おぇ～、それって、うざそ～！」。〝結婚＝うざい〟というLのチープかつオリジナルな極論に、「うん、結婚って、多分だけど、実際にけっこううざいだろうね（笑）」と私も答え、2人で爆笑、10秒ほど。

「だけど、結婚の先にある男と女の間の愛に、めちゃめちゃ興味ある。だから、恋のドキドキから完全に足を洗ってもいいかなって思えるんだよね」と私は真剣に言った。「〝足を洗う〟かぁ。そうだよね、ヤクザが裏社会から足を洗う時みたいな〝決死の覚悟〟がなければ、結婚してからもドキドキ追っかけて不倫して離婚しちゃうものなのかも」と、L。「自由恋愛時代になってから離婚が増えたわけでしょ？　それはさ、昔以上の決意で結婚しなきゃ、簡単に壊れちゃうからなんだよ。だって今は男も女も〝恋の楽しさ〟熟知しちゃってるんだもん。足洗う覚悟が、結婚には必要なんだよきっと」。

カラオケバイトの兄ちゃんが持ってきた梅酒ソーダ割りに口をつけながら、Lは話題を変えた。「そういえばさ、この前、私が気合い入れて会いにいった男いたでしょ？その夜初めてHしたんだけど、それ以来あんまり連絡こなくなっちゃったんだよね……」。「マジで……」と答えながら私は気付いた。そう、こういう瞬間だ！　不安定な恋のドキドキは楽しいけど、同時にとても辛いということを思い出し、もう新しい恋なんて一生したくない、と思うのは！　初めてどころか何度もHした私を未だに飽きずに愛してくれる恋人に、私は改めて心から感謝し、過酷な恋愛市場なんかに未練はない、と実感する。

「ドキドキから引退できねぇぜ」と強気だったLも、こんな時、「あぁもう、私もリリみたく落ち着きたいよ」とひとこと漏らす。が、井上陽水の〝少年時代〟を選曲した私に「引退した女は歌う曲も色気ねぇな」と嫌味を添えることも忘れない。（笑）。

ドキドキの賞味期限

恋のち愛度★☆☆☆☆

「結婚20年目を迎えるけど、未だに一緒にいると胸がドキドキしちゃって心臓が口から出そうになるくらい！　週7回しているセックスもね、裸を見られるのが恥ずかしいから絶対に電気を消さなきゃできないし、ここだけの話、毎回、本当に興奮しちゃうの♪」と語る婦人に、私は出会ったことがない。「同棲して3年になるけど、未だにセックスの時は超ドキドキしちゃってマジ興奮するんだ！」と自慢してきた男友達も、一人もいない。その代わり、みーんなみんな口を揃えてこう言う。「ドキドキははじめの3ヵ月だよね〜」。で、私は答える。「だよね〜」。

恋人と出会ったばかりの頃、私たちカップルは完全にのぼせ上っていたけれど、お互い初恋ではなかったため、かなり冷静にこんな会話をしていた。私「ねぇ、この凄まじいドキドキって、いつ感じなくなるのかなぁ？」。彼「どうだろう、夏くらいじゃない？（笑）」私「たぶんそうだろうね（笑）」。あれから5年間毎日会い続け、現在の会話はこう。私「ねぇ私にドキドキする？」彼「しないよ（笑）」私「やっぱり（笑）」。もちろん私は今でも彼に惚れているけど、やっぱり、最初の頃のあの尋常じゃないドキドキはどこかに消えた。あの〝足が宙に浮いている状態で他のことは手に付かない！〟程の胸の高鳴りは、2人の間にもう存在しないのだ。いつから？　と思い返してみると、春に出会った私たちは、彼の予言どおり、夏くらいにはドキドキ期を突破していた。やっぱり、ド定番の3ヵ月……。

ドキドキ期真っ最中の女というものは、「聞いてよぉ〜♪彼と付き合ってから1ヵ月も経つっていうのに、彼ってば何ひとつ欠点がないんだよ、全て完璧って感じで！ こんなんじゃ今後も喧嘩の一つも起きなそうで、なんか不安〜♪」なんて、〝悩みに見せかけた自慢〟をしてくるもの。そんな風に色ボケした女友達に、私はいつもこう答える。「あぁ、大丈夫だいじょうぶ。そのドキドキが落ち着けば彼の欠点がいっぱい見えてくるもんだってば！心配ご無用♪」と。だって、うっとおしいんだもん。（笑）。

だけど本当に、ドキドキしっ放しの時期って、いつかはこのドキドキが消えるってちゃんと知っていながらも、それがどうにも信じられないのだ。毎回毎回、恋の始まりに、私たちは夢をみる。仕事なんて辞めてしまおうかと思うくらい、2人で南国に行って毎日愛し合って暮らそうかと真剣に考えてしまうくらい、アホになる。女友達にどんなにうっとおしがられても、恋という高熱病にかかってしまっているのだから、〝現実〟なんてつまらないものは見えなくなる。3ヵ月後、高熱から平温に戻るまでは……。

会う頻度によっても男女間の〝ドキドキ〟が続く期間の長さは変わってくるけれど、それに賞味(?)期限があることにかわりはない。それに、終わりのあるものだからこそ、その時期は男にとっても女にとっても特別なものになる。一日中何をしている時も一人の男のことを、考えて考えて考えて、会いたくて会いたくて会いたくて……。その夜、急に会えなくなれば、泣ける。一人の人間に一日会えないというだけで涙が出て、夜も眠れなくなったりするのは、恋の高熱のせいなのだ（どんなに愛している家族にだって、一日会えないというだけでは、別に悲しくもなんともない）。そして相手の男が自分のことを愛してくれるかどうか、まだ分からない段階からこそ、女は〝愛してちょうだい〟と、化粧にも洋服にも気合いが入るし、〝冷めないでちょうだい〟と、自分の100％〝素〟の姿なんて見せられない。きっと、男だって同じ。だからお互いに対してドキドキソワソワしちゃうのだ。

そして3ヵ月くらい一緒に過ごし、関係が安定してくると、不安が減る分ドキドキも少しずつ消えてゆく。男と女のどちらかが、またはお互いに、「好き」ではなく「愛してる」と初めて口にするのも、ちょうどその位の時期だと思う。

そう、「好き」って「愛してる」よりもドキドキするのだ。だって、まだ相手を愛することが出来るのか、愛して貰うことが出来るのか、まだ分からない段階なのだから。不安だから、心臓がバクバクする。

セックスだってそう。自分の裸を男が美しいと思ってくれるかどうか、自分とのセックスで男が気持ちよくなってくれるかどうか、分からない。そんな不安が色々と混ざりあい、服を脱ぎながら、息が出来ないくらいに鼓動が速くなる。そして、男が自分の体に興奮しているのを感じた瞬間、不安から解かれて物凄く興奮するのだ。だけど、どんなにセックスが良くたって、その最中に〝あぁ愛してる〟って思ったって、その気持ちを言葉にしてしまわないように、必死で堪えなくてはならなかったりする。そして代わりに、「好き」と言う。だって、相手が同じ気持ちでなければ、「愛してる」は相手を自分から遠ざけてしまうことが、よくあるから。で、切なくなってはまた、心を震わせる。「愛してる」と、伝え合い、お互いの愛に確信を持つことが出来るようになり、安心できるまで、心はずっと忙しい。

「愛してるよ」。恋人はたまに、私が寝ぼけている時に耳元でそっと言ってくれる。彼は私が寝ていると思っているかもしれないけど、私は彼の言葉を聞いている。私もたまに、彼に「愛してる」と気持ちを伝える。「俺も」と微笑む彼に、心臓が音を立てて動き出したりはしないけれど、かつて猛烈にドキドキした〝思い出〟を胸に、今の胸は彼に対してキュンとなる。恋は胸を熱く焦がし、夜も眠れなくしたりするけれど、愛は、適温に暖かくって、眠たくなる。中毒性のあるあのドキドキを恋しく思うこともあるけれど、いつくもの刺激的な恋に溺れ続けるよりも、一つの愛の中で心地よく、泳いでいられる人生を、私は選びたいな。だって、恋が愛に変わる確率は、とても低いから。大事にしたい。

デスパレートな独身女たち

20代後半での〝豹変〟度★★★★☆

「女は30までに結婚しないとマズイって！　あんたももっと焦りなよ！」

同じ年の女友達にそうアドバイスされ、D（28）は困惑していた。「え……。なんで意識して焦んなきゃいけないの？」。すると、「バカッ！　負け犬になってもいいの？」

との答え。ムッとしたDは「勝ち組とか負け組とか、あんたまだ言ってんの？　私の中ではそれ、もう死語だし。だってさ、30までに結婚したら、何？　何に勝てるわけ？」と反撃。「世の中の他の女に、だよ！　〝マトモな男〟から先に取られちゃうんだから、そんなノンキなこと言ってると、他の女に幸せを持ってかれちゃうよ！」。そう断言した女友達を前に、Dは頭を抱えた。女のライバルは女で、唯一の幸せって〝マトモな男〟に結婚してもらうことなの……??

ちょうど同じ頃。

「恋愛とか、もうどうでもいいや。恋と結婚は別。男は愛より収入だって！」

同じ年の女友達にいきなり豹変され、私（26）も困惑していた。「え……。あんたそんなこと言う女だったっけ？」。すると、「現実を見てるだけだよ！　子供を育てながら女も社会で働くってキツイよ？」との答え。ムッとした私は「キツイ中でも頑張って両立してる女は沢山いるよ。専業主婦だって立派な選択の一つだけど、仕事と家庭を両立したい女をバサッと切り捨てないでくれる？」と反撃。「女がそれを目指そうとしても、会社がそれを許さないんだってば。女がバリバリ働きながら子供をしっかり育てられる環境なんて、今の日本には用意されてないよ？　それに、資本主義の日本で金を稼げない男なんて〝マトモ〟じゃないし、リスペクトできない」。そう断言した女友達を前に、私は頭を抱えた。社会の中で、〝男に負けたくない〟ってガムシャラに頑張ってる女の努力って、所詮は無駄な抵抗だってわけ？　資本主義の日本で、金を稼げない女が稼げる男に養ってもらうのが、〝マトモ〟なの??

それぞれの大喧嘩でグッタリした私とDは、深夜のコーヒーショップに集まった。いつもは絶対に頼まないエスプレッソを飲んでいたら、あまりの苦さに何故か涙が出た。「別に、泣くことないじゃん」って笑うDの前で、「そうなんだけどさ……」ってちょっと笑いながらも、なんだか物凄く悔しくて、私は泣いた。

10代から一緒に恋愛を繰り返していた女友達の価値観が、少しずつ自分のものと変わっていくことは、自然な流れ。結婚観に正論なんてないし、幸せの条件だって人それぞれ。女が大切な女友達に願うのは、彼女の幸せで、その幸せに必要なものが収入の多い男なのなら、是非そういう男を見つけて素敵な家庭を築いて欲しい。専業主婦の母に育てられた私は、働くだけが女の幸せではないことだって知っている。そして、会社の中がまだまだ男尊女卑だということも、子供を生んで育てながらキャリアを築くことが出来るのは、ほんの一部の恵まれた女だけだという現実も分かっている。自分だってその中でもがいているデスパレート（必死）な独身女のひとりだから、痛いほど分かる。でも、そんな〝女に厳しい現状〟を少しでも良くしようと頑張っている女の足を、〝女〟に引っ張られたくないんだ。「この社会で女が家庭と仕事を両立するのは無理」だと女が断言してしまえば、それは社会の中の男尊女卑を認めてしまう。

「ほらみろ。だから女に教育を与えたって無駄なんだ。女は〝マトモな男〟に惚れてもらえるよう、可愛く優しく、料理の腕でも磨いておきなさい。女を雇ったってすぐに寿退社しちゃうんだから、契約社員で十分だろう」

時代遅れなオッサンの発言が、その通りになってしまう。そして、〝マトモな男〟を奪い合うデスパレートな女たちが互いにライバルになり、女同士足を引っ張り合って、自分たちの社会的地位を下げて、どうすんの……？　そんな時代遅れな争奪戦に〝勝った〟女の薬指に、ハリー・ウィンストンの最先端のリングが光り輝いていたとして、それは、イケてんの……?
女友達に、じゃなくて、〝女〟に、〝男〟に、〝社会〟に、〝全部〟に、私はムカついた。何に対して怒っているのかも分からないくらい、大きな何かに腹が立って仕方なくて、でもそんな中で泣くしか出来ない自分がもどかしかった。「泣くなよバカァ」って私をなだめる、Dが言う。

「女の恋愛観、結婚観が20代後半で変わってゆくのは自然なことだし、〝マトモな男〟と結婚しようと必死になる女の方が、そうならないように必死になる女よりも、圧倒的に多いんだよね。それなのに、その水流に逆らって泳ぐ私たちって、鮭みたい。うちらって、こんなにも必死になっちゃって、〝何〟と戦いながら、〝何〟を求めてるんだろうね……」

〈続く〉

デスパレートな涙の理由

不安度★★★★☆

どうして泣いたんだろう。10代、20代前半、と〝ロマンス至上主義の恋愛〟を追っかけながら一緒に青春してきた女友達が、20代後半になって、〝経済力至上主義合コン〟に繰り出すようになったからって、怒りを感じる必要も、筋合いも、ないのに。怒りを通り越して悲しくて泣いた私って、馬鹿みたい。結婚観が食い違った女友達と話し合い、互いに互いの価値観を認める形で仲直りしてからも、私はその時の自分の感情について、しばらく考えていた。

①『結婚≠恋愛。恋人にする男と旦那にする男に求める条件が変わってくる。旦那にする男の第一条件は経済力。たとえその男に〝恋愛的〟には惚れられなかったとしても、〝人間的〟に好きになれる範囲の男であり、家族の生活を保障してくれる経済力があるのならば、結婚相手としての条件はクリアする』

これは、20代後半以上の独身女の結婚観の『リアル』。様々な価値観を持つ別々の人間が互いに見つけ出す共通項の中で、一番人数が集まったものが『リアル』と呼ばれるのならば、そういうことになる。

②『恋愛→結婚。〝恋愛的〟に惚れた男だからこそ一生一緒にいたい、と願うようになり、その延長線上に結婚がある。家族の生活を保障するための経済力は、男だけでなく女の責任でもあり、同時に家事や育児も女だけでなく男の責任でもある。初めから〝条件〟で男を選ぶなんてロマンティックの対極であり、惚れた男が持ち合わせていた条件の向上を手助けしたり、互いの条件に足りない部分を互いに補い合ったりしながら2人で力を合わせて〝愛〟を育むのが結婚である』

これは、26歳の独身女、ＬｉＬｙの個人的な結婚観。もちろん、私と同じ様な価値観を持った独身女たちも沢山いるけれど世間一般で言えば少数派なので、多数派の①結婚観の独身女たちからは「ロマンティック至上主義なんて、『リアル』じゃない！『夢』見すぎ！」と言われ、〝①結婚〟を実践した既婚女たちからは「まだガキなんだよ」

と、言われたりする。それにムカついて、悔しくて、私は泣いたわけなのだけど、涙が流れた本当の理由は、怖かったんだと思う。

結婚というものが未知の領域にありすぎて、具体的にはどういうものなのか、分からないから。一応自分なりの結婚観を持ってみたところで、本当はどんな結婚が一番幸せなのかなんて分からないから、『幸せな結婚とはこうである』と、他人に言い切られてしまうとビビッちゃうんだ。特にそれが自分の納得のいくものでなければ、余計にビビる。〝そうなのかな……。私は断固としてそれに反対したいけど、でも真実はそうなのかな……"と、心の一番敏感な部分が不安になってしまう。きっと、喧嘩をした女友達も同じだったんだと思う。「色んな結婚観があるよねぇ」とお互いを理解しながら始めたはずの会話が、それぞれが不安になるにつれて感情的な言い合いへと変わっていったんだから。

「私は結婚についてこう思うの！　だからお願い、私の気持ちを揺さぶるようなこと言わないでよ！」

自分のものとは異なる他人の結婚観に対して、私たちはいつだって耳を塞ぎたくなる。それなのに、「私はこう思うんだけど、他人はどう思っているんだろう？」って聞きたくて仕方がなくなるから困る。分からなくて不安だから、聞きたくなくて、でも、聞きたい。そして、矛盾に矛盾を重ねるようだけど本当は、みんな分かってる。『幸せな結婚とはこうである』だなんてルール、何処にも存在しないということを。だって〝幸せ〟の定義だって人それぞれだってのに、〝幸せな結婚〟をひとつの定義で縛るなんて不可能だから……。

みんな、それぞれの暗闇の中で手探りしながら人生を生きていて、〝私にとっては何が一番幸せなんだろう？〟って答えを、もがきながらも探している。他人のことはもちろん、自分のことだってよく分からないんだから、独身女も〝妻たち〟も、そして男だって、みんながみんなデスパレート。

〈続く〉

『リアル』な結婚観

自分で見つけるもの度★★★★★

前回のコラムを読んだ女友達（29）が、携帯越しに私に叫んだ。

「ねぇ、〝恋愛→結婚〟が〝恋愛≠結婚〟よりも少数派な意見で悔しいとか何とか言って泣いたらしいけど、私はどうなるのよ？　結婚なんて絶対にしたくないし！」

「あんたって……」と呟く私の声を遮り、彼女は続ける。

「ちなみにガキも欲しくない！　ついでに言えば、犬とか猫とかも大嫌い！　〝家族で庭付き一戸建てに住んでペットを飼う〟なんてクソ食らえ派の私こそマイノリティーだってば！」

「あんたって……」私はもう一度呟いた。しかしまだまだ彼女は止まらない。

「私はね、トキメキ重視の短い恋を繰り返しながら死にたいの♪　若い内しか恋が出来ないなんて誰が決めた？　老人ホームの色恋沙汰は凄いんだから！」

遂に、私は大声で叫んだ。

「あんたってサイコー!!」

自分が欲しいものを揺ぎ無い気持ちでハッキリとそう言い切った彼女に、私は救われる思いがした。結婚って何？　恋愛って何？　つーかそれって、別ものなの？　なんだかもう全てがモヤモヤとして晴れなかった頭の中が、一瞬にしてスカッとした。だって、彼女のその姿勢こそ『リアル』だもん。

恋愛や結婚を定義することは出来なくても、『リアル』を定義することは出来る。他人の意見がどうであろうと、自分自身に正直に、決して自分自身に嘘をつくことなく、自分の道をまっすぐ進もうとするその姿勢。『リアル』とは、多数決で決められることではなく、その反対なのだ。それぞれの人間に、別々のかたちで宿るもの。だって、それぞれが身を置く現実が違うんだから。他人の言う『リアル』にいちいち影響される必要なんて、これっぽっちもない。具体的に言うならば、周りの女友達の目を気にしながら〝結婚〟を考えるなんてナンセンスだ！

「周りの女友達が次々に結婚していく」→「だから私も結婚したい」。「女友達の結婚相手が○○で羨ましい」→「だから私も○○な男と結婚したい」。「女友達の結婚指輪のダイヤが大きかった／結婚式が盛大だった」↓「だから私もそれくらい、もしくはそれ以上の結婚を実現したい！」。たとえを挙げればキリがないほどに、20代後半の女の周りには〝女友達〟、〝だから〟、〝結婚〟という3つの言葉が同時に入る台詞がメリーゴーラウンドのようにクルクル回っている。私はそれを聞きすぎてもう、発狂寸前！

「女友達の持っているバッグが可愛い」↓「だから私も欲しい」。これは分かる。これは、子供の頃から誰でも感じる人間の本能のようなものだからだ。デパートのおもちゃ売り場で、〝○○ちゃんは持ってるも〜ん！〟と駄々をこねて号泣した経験を持つ者は多いだろう。でも、恋愛は、結婚は、バッグとは違う。人生だ。それに、おもちゃ売り場で泣いていた頃、親に言われなかっただろうか。〝じゃあ、○○ちゃんちの子になりなさい〟と。それと同じことが今、言えるのだ。そんなに女友達が羨ましいのなら、〝○○ちゃんの人生を生きなさい〟と。

「違うの。そうじゃない。ただ、女友達に負けたくないの……。だから、焦るの……」と、口には絶対に出さずとも思っている女は多い。でも、いつから、私たちはライバルになった？　友達って、幸せを競い合うための存在なんかじゃなかったはずだ。幸せを求めて一緒にいる、一番近くにいる味方だったはずだ。恋愛中の時なんて特に。〝男vs.私たち女〟という図式で、惚れた男の謎めいた行動を一緒になって解き明かそうと肩を寄せ合っていたじゃないか。それが、結婚を意識するようになると突然、〝女vs.女〟の競争と見栄の張り合いが、静かに火花を散らし始めたように思う。

本来なら人それぞれ違うはずの結婚観を、『幸せな結婚とはこう』、『結婚相手に相応しい男の条件はコレ』と全員一致で決め付けてしまった女子グループは特に、怖い。表面上は仲良く腕を組みながら〝合コン〟に繰り出しているけど、〝この合コンで一番イイ男をゲットして結婚！〟という共通の野望があるのなら、実はもうメッチャメチャ敵同士じゃないか……。

『自分の足で立つ』ことの大切さを、20代後半になってからヒシヒシと実感するようになった。何故ならその大変さを、切実に感じるようになったからだ。20歳になったばかりの頃は、『自立しよーぜー！』、『オー！』というノリだった。仕事も恋愛も、その先に少し見える結婚も、〝きっと大丈夫っしょー♪〟という根拠のない自信があったから。そして5年後、〝あれ？　あれれ？　思ったより大変だな〟ということに気付き、疲れ、自立を目指していたはずの足元がグラッと揺らぐ。(聞くところによると、この〝揺らぎ〟は25歳辺りで一度、30歳辺りでもう一度、訪れるらしい)。そこで、たとえ経済的な自立は諦めて結婚を望むとしても、だ。精神的な自立だけは手放してはいけないと思う。『自分で考えて、自分の人生を歩く』ということ。

それにね、今は4組に1組の夫婦が離婚する時代。〝永遠の愛〟というものに強い憧れを抱いている私としては、これはとても残念なことだとも思うけれど、一方では、女が社会進出したことで、〝不幸な結婚生活だけど、別れてしまったら食べていけない〟という悲しい理由から、離婚したくてもできなかった女が減った結果でもあると思う。不幸せな結婚生活を経済的な理由から続けざるを得ない状況では、『自分で考えても、自分の人生を歩けない』ということになってしまう。つまり、精神的な自立と経済的な自立はセットなのだ。

そう考えると、やはり、結婚に自分の幸せをすべて賭けて、自分が仕事をするという選択肢をポイッと投げ捨てることは、人生最大のギャンブルだと思う。恋愛を繰り返す中で、何度も恋愛に失敗してきた私たちなら、もう知っているはずなのだ。結婚だって、失敗に終わることがあるということ。そして、その可能性は残念ながら、そう低くはないということ。収入だけで結婚相手を選べばなおのこと、その可能性はぐんと上がる。だって、収入至上主義合コンの人気ナンバーワン、〝金持ちエリートリーマン〟と言えばの、リーマン・ブラザーズが破綻する時代だよ。もしそこに愛がなければ、旦那の株が下落するたびに離婚の危機をむかえるってことになる。

格差社会にワーキングプア。そしてまだまだ、社会での女の地位は低い。働けど働けど生活が楽にならない中で、お金持ちとの結婚を夢みてしまうのは当然かもしれない。でも、こんな不安定な世の中だからこそ、自分が自分の人生に求める〝幸せ〟が何によってもたらされるのかを、自分の頭で考え、自分の心で感じることがとても大事なんだと思う。そしてそれは簡単なことのようで、実はとても難しい。20代後半女の耳には、他人の結婚観が次から次へと入ってきてしまうから……。

おばあちゃんはこう言った。お母さんはこう言った。女友達はこう言っている。でも、貴女の人生だから……。時にはすべての意見に耳を塞いで、この本も閉じて、静かなところでひとりになって、自分自身に相談してみることが必要かもしれない。それが、自分のリアルを見つける唯一の方法だから。もちろんその時間は孤独だしとても心細いけれど、自分で考えて、自分の人生を自分の足で歩いている人には、きちんと幸せがやってくる。私が周りを見ている限り、どうやらそれだけは本当みたい。他人の意見に流され続けていた人が、最終的に幸せに流れついたというラッキーな話は、聞いたことがないもの。

Chapter 2. Romance Holic!

まだまだ恋愛中！

ドラマチックなヒーロー

悲劇のヒロインの大好物！度★★★★☆

「どうしよう！　私、恋人ができたんだけど、彼が来月からロンドンに転勤になっちゃうっ！　あぁ、どうして私って、いつもいつも不幸なんだろう⁉」

B子（27）が、目に涙をためてそう叫んだ時、彼女に同情した者は一人もいなかった。私たちはただただ、思ったのだ。〝でた〜〜っ！〟と。だってB子は、自他共に認める、悲劇のヒロイン。トラブルを運んでくる男こそ、彼女の大好物なのだ。

「そんなの、あたしらに通用しないよ。ドラマチックな展開になりそうだと思ったから、海外転勤を控えたその男に惚れたくせにっ！」

その場にいたR（25）がピシャリとB子に言うと、B子は涙をすっと引っ込めて、ケロッとした顔で言った。

「フンッ！　悪い？　私は、手に入りそうで入らなそうな男が、好きなのよっ！」

潔く開き直るB子のカッコよさ（?）に、私はかるく痺れた（笑）。彼女のいる男、結婚している男、なぜかいつも連絡の取れない男、そして今回は、遠距離恋愛になること確定の男……。これがここ1年のB子の男歴。

「あんたっていつもそうじゃーん。洋服でもそう！　もう在庫がないって言われてるのに、超しつこくショップに電話してたよね、この前……（笑）。しかも、北海道の店舗に1枚残ってたのを取り寄せてもらって、やっとのことで手に入れた途端、興味なくして全然着てないし！　その男も、ドラマが過ぎれば、絶対にすぐ飽きるよ～」

Rの言う通り、ロンドンへの海外転勤の話が流れた途端、男はB子に振られた（涙）。

「なんで私って、こうなんだろう？　こんなんじゃ幸せになれないよね～」

頭を抱えるB子に、ま、不幸な女の典型だね、と言おうとしてから、私は思い直した。

「いや、それがあんたの幸せなんじゃない？　ジェットコースターが好きなんでしょ？分からなくもないよ。ほら、幸せの定義は人それぞれだから。人の言う不幸こそ、あんたの幸せなんじゃ……」

そう言う私に、B子は、「え～ヤダ、そんなの～」と頬を膨らました。

「それに、聞いてておもしろいし！　コラムのネタに詰まった時は、これからあたし、あんたに電話しよ〜っと♪　番号、短縮ダイヤルに登録しよっかな〜♪」

と、ふざける私に、B子はまたすぐに開き直り、片手を受話器みたいに耳のそばに近づけて、「Call me, baby♪」とウィンクした。

あまりの頼もしさに、私はまた、B子に痺れた（笑）。

男VS.女①　対等難易度★★★☆☆

「お互いをリスペクトし合える〝対等な〟恋人関係が理想♪」

とはよく言ったり聞いたりする台詞。そしてもちろんそれって一番理想的。互いに敬意を払えなければ、同僚とだって家族とだって友達とだって上手くいかないし、もちろん恋人とだってそう。これって、人間関係の基本みたいなことだ。でも私たちがいちいちそれを言葉にして、理想と掲げる理由はひとつ。難しいから。どんな時も相手に敬意を払い、払われ、常に対等な立場にいるってのは、不可能に近い。〝対等〟って実は一番、難しい。

たとえば街を歩く時、私たちは無意識にも、通り過ぎる〝同世代の同性〟を、自分を基準に測る癖がある。〝あ、あの子、私より可愛い！〟とか、〝あの子より、私の方がオシャレ！〟とかね。（男の場合は、〝お、あいつ、俺より強そう！〟とか思うらしい）。「人類みんな対等！　リスペクト！」などと思って街を歩く人なんて、硬派なラッパー以外、いない（笑）。きっと私たちは、他人をナメたり他人にナメられたりしながら、自分の立ち位置を探っているんだと思う。そんな人間の持った、美しいとは言えないこの習性は、〝対等な立場同士の集団〟の中にいればいるほど際立つ。学生時代、同じ学年内の〝グループ〟なんて、それが生んだ賜物みたいなもので、グループvs.グループに、そしてグループ内にも自然と上下関係があったものだ。今だって渋谷には、〝ナメられないための気合〟を入れた高校生たちで溢れている。10代キッズの目つきが悪いのは、他人との上下関係模索中につき、常に戦闘態勢だからだ（笑）。そしてそれが社会人になると自然と薄れるのは、会社には既に上司と部下がいて上下関係が決まっているため自分の立ち位置が争わずとも分かる。給料貰って仕事しているわけだし、と、私たちは無駄な争いをやめるのだ。それに、社長も部長も課長もいなく、社員全員が〝対等〟であれば、きっと大混乱が起きる。そう。上下関係があったほうがスムーズに物事が運ぶ場合ってのは、非常に多い。

「私、年上の男が好き♪」「私は、年下が好き♪」

とはよく言ったり聞いたりする台詞。ほらね、「私は、タメの男が好き♪」って意見をほとんど聞かない。無意識の内に、私たちは恋人関係にもなんらかの上下関係を求めている。そしてそれは年齢だけではなく、弟のいる〝長女〟の私が、付き合う男のほとんどが〝次男〟というのもまた、偶然だとは思えない。上下関係とは一番対極だと思いたい〝敬語のない〟恋人関係にこそ、入り組んだ、複雑な上下関係が存在していると思うのだ。

〈続く〉

男VS.女②

上手に甘くナメ合おう度★★★★★

〝対等〟な恋人関係を理想に掲げる私たちは、知らず知らずの内に矛盾して、気付いたらそこに〝上下関係〟を求めている。(そう！ 両方求めちゃってる！)。「私Mだから、Sな男が好き♪」とか「俺Sだから、Mの女がいい♪」というのもそのためで、男も女も、1対1の関係の中で、自分が居心地の良いポジションを与えてくれる相手を求めているのだ。きっとそれを私たちは、「相性」って呼んでいる。それに〝上下関係〟と言っても、恋人同士のそれは時にとても、甘い。

「もう、お前はダメな奴だなぁ♪」と好きな男に優しく見下されるのは、女としてとっても心地よいし、「もう、貴方って私がいなきゃ生きてけないね♪」と好きな男を甘く見下すのもまた、女の幸せ。恋人をナメたり恋人にナメられたりしながら(エッチな意味じゃないよ。笑)、恋人同士はそれぞれの関係を築いていくものだと思う。ほとんどのカップルたちは、部屋のインテリアを決める時、大きな買い物をする時、セックスをする時……、とシチュエーションごとに〝上下〟を譲り合いながら、〝対等〟を調節しているのだ。そしてその、〝上下〟の譲り合いがスムーズならスムーズなほど、関係は上手くいく。（これは、恋人関係を長く続かせるための最大のキーかもっ‼）

しかし危険なのは、ナメすぎ、ナメられすぎ、な関係。カレシをナメすぎている女も、カレシにナメられすぎている女も、どちらもまた、決して幸せな顔はしていない。前者の女友達D（26）は、カレシのことを〝奴〟と呼ぶ（笑）。そして、「奴がまた財布落としたんだけど！　ドジすぎじゃね？　マジ使えねぇから蹴っ飛ばしてやったわ！」と眉間に凄まじく深い皺《しわ》を刻んだりする。後者の女友達S（24）もまた、カレシのことを〝陰では〟奴と呼ぶ（涙）。そして、「奴がまた浮気してるっぽい！　でも何か言うとまた殴られるから気付いてない振りしてるんだ……」と泣き腫らした真っ赤な目からまた涙をこぼしたりする。Dはカレシをナメすぎ！　Sはカレシにナメられすぎ！　である。お互いが譲歩しながら、シチュエーションごとに〝上下〟を譲り合うって、お互いをリスペクトし合う、ということの具体例だと思うのだ。それが出来ない関係＝リスペクトのない関係に、幸せは来ない！

私たちが口を揃えて理想とする「お互いをリスペクトし合える〝対等な〟恋人関係」とは、上手に甘く、ナメたりナメられたりしながら、カッコいいとことカッコ悪いとこ交互に見せ合って、長く一緒に、アハハと笑って暮らせる関係♪

牙を剝く男

可愛いじゃん！度★★☆☆☆

「〝世界中の誰よりきっと〟私にだけは絶対にナメられたくねぇ！ って気合入っちゃってるんだよね、彼……。だから、いかなる時も絶対に私の〝上〟に立たないと気がすまないっつーか。喧嘩が絶えないよ。はぁ、難しいね、恋人間の上下関係って」

前回のコラムを読んだ女友達R（24）がカフェで私にそう言った。同じ年の男と付き合い始めて1ヵ月。上下関係を上手く譲り合えずに困っているのだとか。女の方が、どんなに〝上下〟をスムーズに譲り合いながら対等な関係を目指そうと頑張っても、それが通用しない男って、いる。世界中の誰にナメられようが、自分の女だけには絶対にナメられたくねぇ！　って、意地になっている男って、いる。「違うよ、逆だよ！」と私は思うのだけど……。「自分の女の前でだけは、そのプライドを肩から降ろしていいのに！」って。「そうすればきっと、貴方自身も凄く楽になるよ、カノジョが、意地はって生きてる生活の中の唯一のオアシスにだってなりかねないのよ、もったいないなぁ！」って……。

「同じ年ってのも、あるかもしれないけどね。私がちょっとオトナぶった口利くと、突然キレたりすんのよ。俺のほうがオトナだ！　みたいな。その態度が一番ガキなんですけど、みたいな……（笑）。うちら、恋人じゃなくて、ライバルっすか？　みたいな……（涙）」

私自身も過去に何度も身に覚えのあるRの体験談に、私は「分かるー！（爆）」とビシバシ太もも叩いちゃってもう、太ももいてーよ（笑）。

「でも、本当だよね、オトナな男ならそこで、ちょっと生意気だなって思ったとしても〝女の子はオトナだからねぇ〟なんて、自分が一歩下がってくれるものなのにね。

なんで張り合ってくんの？　ってなるよね。ここ、甘い夢みるベッドの上だよ、赤い血をみるリングじゃねーよ、みたいな（笑）。きっと彼、女性経験少ないんじゃない？女に慣れてないっぽい」

私がそう言うと、今度はRがパチンッと太ももを叩いた。

「そうなの！　そこなの！　女と1年以上付き合った経験なし。ちなみに男3兄弟！女を知らなすぎてもう、最悪……」

「いや、」

と私はRに反論した。「それ、最高にもなりえるよ！」と。だって、ここでRが頑張れば、彼の〝初めての女〟になれるもの！

〝女〟という生き物とあまり触れ合ってきていない男、というのはまだ、〝女〟を知らない純粋な男。10分で童貞は捨てられても、本当の意味で〝女を知る〟には数年かかる。だから女と長く付き合ったことのない男は、女の愛し方が分からずもがき、女にキーッと牙を剝く。それは動物が初めて見る他の動物を威嚇するのと同じで、ただ、怖いのだ。それってなんか、可愛いじゃない！　愛おしいじゃない！　性欲を差し引いた男というのは、女よりも遥かにピュア。初めてヤッた女の顔は忘れても、初めて知った〝女〟を、男は決して忘れたりしない。

「女性経験のない彼が、初めて深く付き合った、初めて本気で愛した女に、アンタがなればいいじゃない！」

「もう別れよっかな」と弱気になっていたRに、私は一人勝手にワクワクしながら提案した。

〈続く〉

男made by元カノ

元カノ以上の強敵がいた……度★★★★★

「元カノに、きちんと育てられた、男がいーー！」

私たち20代後半女はたまに、そんなことを言う。昔は、〝元カノ〟なんて敵でしかなかったのだけど、今出会うほとんどの男に〝元カノ〟は付き物だし、だったらもう、素敵な元カノにいい男に育ててもらった男がいい、と私たちは思う。

たとえば、10代の時に私が付き合っていた元カレが、今のカノジョの誕生日に海外旅行をプレゼントした、と聞いた時、私は何故かとても誇らしかった。そうかそうか、おまえさんが私の誕生日に手ぶらで家にやってきて私が大号泣しながら〝女の誕生日に男はどうすべきか〟を解説したあの夜が、少しは未来に生かされたか、と。(まぁ、私はかなりの泣き損だけどさ……)。でも本当に、いい男ってのはほとんどが、made by元カノ。男の、いい意味で女慣れしたスマートな対応のほとんどが、元カノの〝力説feat.涙〟の賜物だ。付き合い始めた時は20歳でコドモだった、私の今の恋人だって、もし私と別れたら、次のカノジョがヒステリーを起こした時に黙ってキック抱きしめることのできる、25歳のオトナな男になるのだろう。(だから絶対誰にも譲らねーっ!)。

しかし、裏を返せば、だ。元カノに〝女〟を教えてもらった男、というのは元カノの好みに仕上がっている場合が多い。だから、男の元カノと自分の価値観が合わない場合、男も自分も困惑する。「え、俺の元カノはそんなこと言わなかったのに……」。そう、〝元カノ〟が敵に返り咲く瞬間だ（笑）。だから、まだ深い付き合いをした〝元カノ〟がいない男、〝女〟をまだ分かっていない男、というのはある意味〝自分色に染められちゃう♪〟という素敵な可能性があるってこと。しかも、初めての女を、男はとても愛してくれる。ただ、一から〝女〟という、ただでさえ面倒くさい生き物について男に説明するのは物凄く、それはもう凄まじく、面倒くさいのだけど……。でも、相手が本当に愛おしい男なら、どんなに面倒くさくたって、深い関係を築くために涙も時間も喧嘩も惜しんではいけない。これは、男も女も両方そうだよね。「じゃーもーいーや」と途中で関係を放り投げるのは簡単だけど、「いやだ絶対あきらめない」とトコトンお互いと向き合って関係を作れてこそ、本物だもの。それに、どんなに大変でもお互いが手を抜かずに真正面からぶつかって、一度心地よい関係を作ってしまえば、後がハッピー。居心地良くてお互い、別れたくなくなる。それまでの苦労を考えればお互い、この関係に注いだ自分達のエネルギーがもったいなすぎて、別れられなくなる（笑）。

そうアドバイスしてから1ヵ月後、Rから「別れた」という電話がかかってきた。（アレ？）。Rは言った。

「いやさぁ、私も頑張って向き合ってみようって思ったんだけど。ダメだね、ありゃ。元カノはいなくても、母親っつーのがいるやん？　男3兄弟、亭主関白な親父と、4人の男に口ごたえ一つせずに黙ってひたすら家事をこなす母親……。そんな家庭環境で育った男と、男勝りな私との価値観が、合うはずがなかった……」

そうだ、忘れてた！　元カノに育てられたうんぬんの前に、母ちゃんがいた！　どんな男にも最大の影響を及ぼす、実際に男を育てた母親という存在が……。「え、うちの母ちゃんはそんなこと言わなかったのに……」。それは、たとえまだ結婚していなくても、まだ会ったことさえなくっても、〝姑〟という最大の敵が出現する瞬間だ（涙）。自分と価値観の合わない元カノに植えつけられた男の癖なんて、どうにでも軌道修正できるとしても、母ちゃんはもう、別格だ。影響はもう、計り知れない。

男は女よりも遥かにピュアで、初めての女を、とても愛してくれる。母ちゃん・イズ・ナンバーワン！　自分と価値観の合わない母ちゃんに育てられた男の価値観って、かなりの確率で一生モン。母ちゃん・イズ・フォーエバー！

「R、早めに別れて、それ、正解！」

『どうして分かってくれないの？』男

そりゃ分からないよね度★★★★★

「なんでも、どんなことでも、話し合えること」

すこしむかし、年上の女友達（当時28）に、男女関係において何が一番大切なのか、と聞いたら、彼女はそう答えた。私は、ふぅ〜ん、と言いながらも、イマイチ納得できなかった。だって、どんなことでもイチイチ話し合うって、なんか中学生ん時の学級集会みたいなノリだし、それってロマンスとはかけ離れてる感じがするし、なんかダサい。私はそう思っていたのだ。

言わなくたって、分かって欲しい。私がしてもらいたい様に、何も言わなくてもして欲しい。私が感じていることを、何も言わなくても感じ取って欲しい。自分でそうして欲しいと頼んだ後でそうして貰ったって嬉しくないし、だって、自分はこう感じているんだと伝えた後で理解されたって、そんなの当たり前じゃん。共に仕事をするパートナーならそうするけど、共に恋をする男女が、それをしちゃえばロマンスは台無し。何も言わなくても分かり合える2人の出会いってのが、〝運命的な恋〟ってもんじゃないの？

だから私は、なんとなく感じている不安や不満なんかを、恋人とあらたまって向き合ってトコトン話し合おうとは思っていなかった。「絶対にイヤ！」というところは、口に出して言って、喧嘩をしたりはしたけれど、「なんとなくイヤ……」というところは、黙っていた。言わなくても、空気で感じて欲しいと思っていた。彼が運命の相手なら、きっと感じ取ってくれるだろう、と。でも、なかなか伝わらないから、いつも思っていた。「もぉ！どうして分かってくれないの？　最悪！」って……。

逃げていたんだと思う。私は、〝運命的な恋〟とかって妄想を大きく大きく膨らませて、目の前にある〝キチンと向き合って話し合う〟という選択を、見えないようにしていた。だって、実は、「なんとなくイヤ……」という不安や不満って、「絶対にイヤ！」というものよりも遥かに大きな問題で、それでいてとても言いにくいことが多いから。多くの場合、それは男のプライドが関わっていく問題だったりする。

たとえば、「ペットボトルの中にタバコ捨てるのやめてっ！」とは叫べても、「あなたの将来が不安です」とか「セックスがよくないです」なんて、叫ぶどころか小さな声でもやっぱり言いにくい。それに、それを言葉に出してしまえば相手を傷つけてしまうかもしれないし、大喧嘩になったら別れに発展するかもしれないし、と色んなリスクを考えると、私はキュッと口を結ぶことにしていた。そっちの方が断然楽チンだったから。

で、結果、どの恋も長続きしなかった。「運命じゃなかったんだ」の一言で、私はその全ての恋を流してきた。だけど、今、ハッキリと分かる。何も言わずに、自分の思っていることが100％相手に正確に伝わることなど、ないんだよね。話し合うことから逃げていれば、そのまま、気持ちがすれ違ったまま、恋は終わってゆく。結局、何が原因で上手くいかなくなったのかも、永遠に分からぬままに……。

ツーカーな男

50年後に……度★★★★☆

昼下がり、サラサラと吹く風に、緑の木々がサワサワと揺れる、公園のベンチにて。そこに、そっと寄り添い合うようにして腰掛けているおじいさんとおばあさん。何の言葉を交わすこともなく空を見上げている。ただ、とても穏やかな笑みを、それぞれのお顔に。おじいさんがフトおばあさんのお顔を見ると、おばあさんはサッと、持っていたバッグからお弁当を出した。おじいさんがパアッと笑顔になる。

そんな光景を目の当たりにしたら、若い私たちは、胸をキュンキュンさせながら言うだろう。「ツーカーな関係って素敵。あぁ、なんて可愛いんだろう、微笑ましいね」って。

それなのだ、私がずっと憧れ続けているものは。自分の意見や思いを言葉にして伝えなければ誰とも分かり合えない世の中だから、だからせめて運命の男とは、お願い、

〈続く〉

空気で通じ合えるような、そんな魔法のような関係を……。今でも私は、そう思っている。おじいちゃんになった恋人と、おばあちゃんになった私とで、仕事もリタイアして毎日ヒマなノホホン老後生活を、公園のベンチでそんな風に過ごしたいなって。だからこそ今、私は恋人と、なんでも、どんなことでも、話し合うことにしている。

どんなに言いにくいことでも、これ言ったら揉めたりして面倒くさいかもと思う時でも、うやむやにして流してしまうのではなく、私は恋人に伝えることにしている。でもまずはしばらく、黙って考える。どんな言葉で、どんな声で伝えれば、相手を傷つけず、喧嘩にもならず、この思いが伝わるだろうって。そして、考えてから、口を開く。「あのね、」って。穏やかに、と思っていても私はいつも途中で感極まって泣いてしまうので（泣き虫って嫌ね……）、その自分の涙に興奮して大声になってしまったりして、喧嘩へと発展したりもする。だからやっぱり話し合いって、エネルギーを使う。時間も使う。涙も使う。イチイチ言わずに、ただ黙っていた方が1000倍楽なのは間違いない。

でも、最後にはいつも、恋人は私の思いを分かってくれる。「そうだね、じゃあそうしようね」って言ってくれたり、「そうだけど、こうじゃないかな？」って恋人の思いを伝えてくれたりする。その時、私は心から、思う。あぁ言って良かった、って、涙を手で拭いながら（まだ泣いてる……）、〝真剣に付き合う〟ってこういうことなんだって、実感する。毎日連絡を取る、とか毎週末デートをする、とか結婚の約束をする、とかそういうことじゃなくて、エネルギーも時間も涙も惜しみなく使って、一緒に努力して〝いい関係〟を築いていくってことが、真剣に付き合うということなのだ。

おじいさんとおばあさんは、出会った時から、ツーカーな仲だったわけじゃ、決してないと思うのだ。どんなに運命的な2人でも、出会った当初は生まれも育ちも何もかもが違う、赤の他人同士。0だったところから、出会いを1とし、そこから2人で〝いい関係〟を築き上げる。すこしむかしの私は、出会った瞬間にいい関係を築ける2人を〝運命的な恋〟と呼び、それこそがロマンティックだと思いこんでいた。でも今の私は、いい関係を築くための努力を惜しむことのない、互いに対して真剣な2人を〝運命的な恋〟と呼び、いい関係を築き上げるまでの長い長い過程こそが、ロマンティックだと思っている。

きっと、おじいさんとおばあさんは、若い私たちを見て思っていると思うのだ。「なんの努力もせずに簡単に男女が分かり合えると思っているなんて、若いですね。可愛いですね。微笑ましいですね」って。

男のナミダ

胸がグッ！度★★★★☆

「男なんだから、泣くんじゃない」

もし、いつか、私が男の子のお母さんになったら、私は彼にそんな酷いこと、絶対に言わないようにしよう、と思っている。男だから泣いちゃ駄目なんて、アンフェアだもの。もし、「女だから怒るな」って風習があったとしたら、それこそ私はブチ切れて、「女だって怒っていいじゃねぇか、コノヤロウ！」という本を出版したことだろう。と、いうか、私が出すまでもなく、沢山の女性達がそう叫んだことだろう。でも、「男だって泣いたっていいじゃねぇか！」という男達の叫びは、あまり聞こえてこない。なんでだろう。きっと男たちは、子供の頃から何度となくそう言われ続けてくる内に、いつの間にか自分たちでも「男たるもの泣くべからず」と思っているような気がする。

私は、よく泣く。だからもし私が男だったら、私は今みたいに泣き虫じゃなかったのだろうか、とたまに考えることがある。私は、恋人や家族や友達と喧嘩したり、失恋したり、大切な人が亡くなったりと悲しい時は、頭がかち割れてしまうんじゃないかってくらいに、号泣する。小説を読んで、映画を観て、時にはＣＭを観て感動した時は、「うぅっ」と涙を流す。仕事で行き詰ったり、ストレスと疲れを感じたり、何かに対して怒ったりしても、「あぁぁ！」と泣き喚く。そして、女友達が泣いているのを見ているだけで、ついつい毎回貰い泣き。どれだけ泣きゃー気が済むんだよ、というほどに、私は泣き虫だ。もし私の性別が男だったら、違ったのだろうか。感情の波が激しく、感情が一定のラインを超えるとすぐに涙が流れてくる、今の私とは違う性質になれただろうか。でも、もし、私と同じ性質の男がいたら、彼は泣くのを我慢しているのだろうか。それってとてもとても過酷なことのように思えて、そんな状態で泣くのを堪えている男のことを想像するだけで、私はかわいそうで泣きそうになる。（どんだけ〜？）。

そして、そんな〝どんだけ〜?〟な私のナミダというものは、本来の意味というものを失うほどに、〝他人に対しての効果〟を持たないものになってきた。私と親しい人は私の泣き顔に見慣れてしまうので、「だ、だ、大丈夫?」という心配をあまりしてくれなくなるのだ。たとえば、CMを観て泣いた私を見ては、恋人は腹を抱えて爆笑し、喧嘩して泣いた私を見ては、恋人は「もぉ〜!」とため息をつく。(涙↑!)。つまり、私のナミダは、女の武器なんかにゃならなくなっちゃったってわけ。(チッ!)。

その点、男のナミダってものは、あぁ、なんて絶大な効果を持つものだろう。「泣いてはいけない」と幼い頃から頭に叩き込まれ、誰よりも自分でそう思い込み、辛くても悲しくても涙をグッと堪えながら生きている健気な男たちの、〝どうしても堪えられずに〟零れ落ちた数滴のナミダ、というやつは……。

約26年間生きてきて、私の前で泣いた男、というのはたったの4人。学校で、仕事で、恋愛で、数え切れないくらい大勢の男と出会ってきたのに、私の泣き顔を見たことのある男というのもまた、数え切れない数になっているだろうに、私が見たことのある男の泣き顔は、たったの4人分。そしてそれはすべて、私と恋愛関係にあった男たちだ。男のナミダを見ると、私はグッときて、泣いてしまう。（お前はいいから……）。喧嘩していたことも、別れ話をしていたことも、全て忘れて私は男を抱きしめてしまう。「あぁ、愛おしい人、泣いていいよ」と優しい気持ちで私が流すナミダには、〝私のことを泣くほど愛しているのね〟とか〝私の前でしかこんな姿を見せられないわよね〟とか、そういう女としての優越感も、キラキラと光り輝く。（あぁ、私のナミダって、ピュアじゃねぇ……）。

いつも泣かない男が流すピュアなナミダって、最大の武器だ。愛しい男がほろっと流してしまった数粒のナミダを見て、グッとこない女なんていない。

もし私が男の子のお母さんになって、「男の子だって泣いていいのよ」と彼を育てたとしても、彼は小学5年生くらいから、泣かなくなるだろう。（私の母はそうやって弟を育てたのだけど、彼もそれくらいから泣かなくなった）。でも、そしたら私は、私の前では泣かなくなった息子に言うだろう。「辛いこと、悲しいことがあった時、男の貴方がナミダを見せられるくらい深い絆の、優しいカノジョが出来るといいよね」って。

青春の粉

本物の恋の邪魔をする度★★★☆☆

春。飛び散りまくる花粉に混じって、どうやらピンク色の粉も飛んでいる模様。くしゃみと鼻水の間に「あぁ、恋がしたい……」と呟く男友達や、マスク越しに「あぁ、セックスがしたい！」と叫ぶ女友達。（マスクでそれは変質者っぽいよね。笑。）桜が満開になるこの季節、ふんわりと春風に乗るこのピンク色の粉は、恋欲と性欲をかき立てる。命名するならばコレ、青春の粉。

以前コラムで、恋に落ちるためにはアホにならないといけないと書いたが、まさにこの粉、人をアホにしてくれる。とにかく〝恋したい病〟を運んでくる粉なのだ。じゃあ恋できていいじゃん、と思いきや、ここにはまた別の落とし穴が……。

青春の粉にやられた女友達M（27）は、突然、同じ職場の男にドキドキしちゃったという。それまでは何とも思っていなかったのに、会社に通勤するまでの道のりを歩きながら〝あぁ、恋したいかも〟と思ったら急に、向かいのデスクで仕事をする彼がPCに向ける眼差しに発情しちゃったらしい。

その夜に、「キャー！　恋しちゃったかも～♪」とルンルンで電話してきたMに、「まさにそれ、〝ラブストーリーは突然に〟じゃん！　いいんじゃない？」と私は答えたのだが、たった数日後、また電話をかけてきたMの声は、暗かった。

M「ただ恋がしたいのか、ただセックスがしたいのか、本当に彼のことが好きなのかが分からない。というか、多分、前者だわ。だって、彼が私にあんまり興味なさそうな素振りをした瞬間、冷めたから……」

私「……そっか。じゃ、そうかもね。マジで好きなら、それくらいじゃ冷めないよね……」

M「……そう、なんだよね」

また、主婦の女友達D（29）も青春の粉をくらってしまった。結婚して2年。ラブラブだったはずが、春になってきたら突然、ドキドキしたくてたまらなくなったという。

D「旦那のことは愛してる。でも、もう恋ではないんだもん。なんか、メールが返ってこなくてソワソワしたり、初めてのSEXのために新しい下着を買っちゃったりとか、そういうフレッシュな感じが恋しくて仕方ない〜！　新しい恋が欲しい〜！」
私「気持ちは分かるけど、そんなんで旦那を失ったら元も子もなくない？」
D「……そう、なんだよね」
　無駄に掻き立てられた恋欲と性欲は、本物の恋の邪魔をする。〝この人じゃなきゃダメ〟っていうのが本物の恋の定義だとすれば、春のもたらす過剰な恋欲と性欲は、〝この人じゃなくてもいい〟男との恋やセックスを助長したり、〝この人じゃなきゃダメ〟な男を裏切りそうになったり、となにかと問題を生むのだ。

　リアルな青春（10代）を通り過ぎた人々にとって、この青春の粉はとてもやっかい。この粉の影響で、〝ドキドキしたい熱〟に頭がポーッとピンク色になってしまっても、こういう〝恋したい病〟にかかっている時ほどろくな目に遭わないってことは、みんな既に青春時代の苦い経験から勉強済み。
　本物の恋だけを求めている20代後半のシングル女にとっては、そんな風に恋に恋して、故意に恋するヒマはない。そして逆に本物の恋を手に入れたＮＯＴシングル女は、そんなドキドキしたいだけの浮気は命取りになる。

シングル女は、「もう無駄な恋なんてしたくないのよ。結婚に繋がるような真剣な恋がしたい。だから慎重にならなきゃ。でも一刻も早くドキドキしたいの……」と嘆き、NOTシングル女は、「無駄な恋がしたいの。でも、真剣に愛している旦那は裏切りたくない。ってことは私、もう永遠にドキドキできないの……?」と頭を抱える。

そして両者共に、あの頃のようには戻れないと気付けば気付くほどに、青春したくなる。そして、「あぁ、どうすりゃいいの?」と迷宮入り(苦笑)。

青春の粉、恐るべし。予報によるとこの粉、春に吹き始め、夏にピークを迎えるもよう。みなさん、気をつけて。本物の恋を、お大事に。

5年越しの恋人

恋から愛へ度★★★★★

インフルエンザの予防接種を打ちに行かなきゃ……、と思いつつも先延ばしにしていたら、本物のウィルスが先に私の体をご訪問。背筋に悪寒を感じた翌日にぶっ倒れ、そこからはもう、悪夢の連続。はじめは前向きに〝ただの風邪！〟と信じてベッドの中でジッとしているも、症状の悪化は著しく、原稿の締め切りをバッタバッタとぶっ倒し、〝いつになったら治るのよー？〟と叫びたくても声も出ず……（涙）。ついに2日前の夜中、体はもう、汗だくになっちゃうし、頭はもう、割れちゃいそうに痛くって、〝もう駄目だ……〟状態に。そんな時、「大丈夫だよ。病院に連れて行ってあげるから」と、眠たそうな目をこすりながら、病院に電話をし、タクシーを呼び、救急外来まで手を引いて連れて行ってくれたのは、一緒に住んでいる私の恋人。

39度の熱で朦朧とした意識の中で、深夜の薄暗い病院の待合室で恋人の体にもたれながら、あまりの辛さに、心身ともに弱りまくった私はシクシク泣いていた。でも、恋人の手があったかくて、それに私はとても救われた。数日間お風呂にも入れなくって、不潔で不健康で不細工極まりない姿を〝何の気まずさ〟も持たずに見せられる存在がいることに、〝助かった……〟と思った。普段あまり病気をしないから忘れていたのだけど、病気の時の姿って、ちょっと恥ずかしい。高熱に頭痛に腹痛に……、とほかの事は何も考えられない状態のはずなのに、〝恥ずかしさ〟や〝申し訳なさ〟を感じることは出来てしまうんだ。「あぁ、辛い。友達に来て欲しいけど、でも部屋も荒れちゃってるし、こんな姿だし、あぁ、どうしよ」とか、「こんな夜中に病院に連れていってなんて言ったら、友達は朝から仕事だろうし、悪いよなぁ」とか、体も心も弱っている時だからこそ、余計にいろいろ考えてしまったりする。それが、唯一、恋人に対してだけは、何の恥ずかしさも、何の申し訳なさも感じずに、素直に〝助けて〟が言えるんだなぁ、と私は実感していた。

5年前、出会ったばかりの頃は、彼は唯一、私が〝一番気合の入ったオシャレで可愛い自分〟しか見せたくないと思っていた男だった。それが今は、〝一番不潔で不細工な自分〟を唯一、見せられる男になった。家族みたいに。

「インフルエンザですね」

と診断され、薬を貰って家まで帰る明け方のタクシーの中で、私は彼の温かい腕の中で小さくなりながら、子供みたいにまだシクシク泣いていた。なんだか彼を〝パパ〟って呼びたくなった。「もぉ！　頼りないなぁ！」って、今まで何度喧嘩したか分からない彼が、すごく大人に見えたから……。

〝5年〟という時間に、私は感謝した。恋は、時とともに色褪せる、と人は言う。色褪せる部分ももちろん、あるだろう。でも、いい具合に色褪せてくれた部分があるからこそ、どんな恥ずかしい姿だって見せられるようになってゆく。

それって、愛だ。恋は色褪せ、愛を生む。だから男と女は、家族になれる。私の頭はまだ熱でボーッとしているのだけれど、今日も仕事から急ぎ足で帰って来てくれるだろう恋人を想うと、5年前、彼にボーッと熱を上げて恋をして、本当に良かったな、と思うんだ。

恋愛疲れ、させる男

Chapter 3

Men Who Make Us Wanna Scream,
"NO MORE DRAMA!"

フェイドアウト男

ゲットアウト！度★★★★★

「別れよう」

このショッキングな一言を、言わずに消える男ほど、ショッキングな存在はいない。まだ付き合ってはいないけれど〝いい感じ〟だったはずの男が、「もう会いたくない」とは言わずに、少しず～つ私からのメールの返信を減らしたり、電話に出なくなったりして、フェイドアウトしてゆく様子は今まで何度も体感してきたが(涙)、ちゃんと〝付き合って〟いる関係からも同じように勝手に消えてゆく男が、いるらしい。(恐っ‼)

「半年記念をラブラブデートでお祝いした次の日から、彼氏からの連絡が途絶えがちになっていって、忙しいのかなって思ってたんだけどね、その数週間後、彼の番号が変わってたの……」という女友達や、「4年付き合っていたのよ。結婚も考えていた。それなのに突然、連絡がパタッと取れなくなって、事故にでも遭ったんじゃゃって涙目で彼の家に行ったらね、彼、引っ越してたの！」という、女友達がいる。それを伝えられた時は、そのあまりにショッキングな内容に、私は「マジで……マジで……マジだ……いや、マジで……?」とアホみたいに連呼する以外の術を持っていなかった。(恋愛コラムニスト失格)。だって、そんな酷いこと、一体どの神経使ってやってんの? ってな話じゃね!? ねぇ、マジ、じゃねぇ? おかしくねぇ? (動揺してギャル語復活)。

ふぅ。一息ついてここはひとつ、コラムニストとして頑張って怒りを鎮め、フェイドアウト経験のある男友達を集めて話を聞いてみた。(思ったより多数存在していたため、集めるのに苦労しなかった。最悪である)。

男①「優しさのつもりなんだよ。別れようって突然切り出したら女だってショックを受けるだろうから、少しずつ別れの空気をかもし出していって、女の心の準備が出来たころにフッと消えるんだよ」

私「はっ!? じゃなくて、なるほどね。でも、そんなんじゃ女は心の準備なんて出来ないよ。理由も分からないままに連絡が途絶えがちになったら、当然不安になって、困って、悲しんで、精神的に弱くなった挙句に消えられたら、それ、一番傷つくもの」

男②「理由も分からないままって言うけど、別れたいと思う時って気持ちが冷めた時だから、理由なんてなくねぇ？」
男③「そうだよ！〝なんで？〟って言われても、別にこれという理由がある訳じゃないから答えられないじゃん。でも、絶対に女は、理由を欲しがるだろ？　だからその話し合いを避ける意味を含めて、少しずつ消えるってわけ」
私「〝なんで？〟ってなるのは女だけじゃないよ。一方的に別れを切り出されたら、誰だって理由を知りたいと思う。気持ちの整理をつけるために、納得できる理由が欲しいもの！　気持ちが冷める時に決定的な理由がない場合の方が多いのは女だって知ってる。でもそこで、相手が納得できるような理由をつくってあげるのも優しさなんじゃないの？」
男①「嘘つけってこと？」
私「嘘じゃなくてもいいけど、ただ突然何も言わずにフェイドアウトされるよりは、たとえ嘘でも〝好きな子が出来たから別れたい〟って言われた方がよっぽどいいよ。自分を好きできれくれる人に、〝もうキッパリ諦めよう〟って気持ちを整理させてあげることが一番の優しさなんじゃないかな？」
男②「嘘つくなって散々言うくせに、嘘ついて欲しい？　女って矛盾しすぎじゃね？」

私「うるせぇよ……じゃなくて、とにかく！　何も言わずに恋愛関係から抜けるのは卑怯だよ。お互い好きで一緒にいたのに、最後に何も言わないで消えるなんて、そんな悲しいことないよ」
男③「〝最後に何も言わないで〟って言うけど、最後に醜い言い争いになるくらいなら何も言わない方が綺麗じゃない？」
私「そりゃ笑顔でさよならって訳にはいかないけど、最後にキチンと話し合うのは今まで付き合ってきた相手にはもちろん、２人の関係と時間と思い出に対する礼儀だよ！」
男②「泣くじゃん、女。それ、男には一番キツイんだよねぇ。だからその話し合いとか嫌なの。好きだよね、女、話し合い」
私「……はぁっ⁉　泣くじゃん女ってあんた、それ、あんたのことが好きだから泣いてるんだよ？　それに別に話し合いが好きとかそういうことじゃなくて……。あ‼」
男①②③「なんだよ？」
私「もういい、分かった。帰っていいよ。あんがとね」
男①②③「はっ⁉　誰だよおまえ（笑）」

私「ＬｉＬｙだよ！　もー帰っていいよ！」
男①②③「は？　おまえ、名字、今井じゃん（爆）」
私「うるせぇな（爆）！　帰れ帰れ‼」
フェイドアウト男たちを追っ払ってから、私はなるほどね～と思っていた。なんとなくだけど、男がフェイドアウトする理由が分かったような気がしたのだ。

〈続く〉

逃げ腰な男

不器用度★★★★☆

女が男と〝話し合いたい〟と思う時、いつも喧嘩へと発展してしまうのはなぜだろう。私はよく、それを思っていた。「彼と、将来のことを話し合いたいと思っていただけなのに……」と、私に電話をかけてきた女友達は彼との大喧嘩の後で涙声だったし、私も、同棲中の恋人と家事の役割分担について話そうと始めた何気ない会話の数分後には、お互いに声を荒げて激しい口論になっていたし……。なんで、男は女と、冷静に話し合うことが出来ないんだろう。

「それはお前だろ？　感情的になるのやめてくれよ」と、男はいつも、女に言う。でも、女だって冷静に話したいと思っているのだ。では、最初に声を荒げたのはどっちだったのか……。その、〝鶏と卵〟のような意味のない論争へと〝話し合い〟は発展し、
男「俺、明日朝早いんだから、もう勘弁してくれよ！」

女「私だってもうこんなに泣いちゃって、明日やばいのは私の方だよ！」

と、朝までコースの大喧嘩になったりする。その結果、男は、女との〝話し合い〟が大嫌いになる。いや、女と付き合うようになる前から、男は女との〝話し合い〟は、トラウマなのだ。私が今まで付き合った男たちに何度も言われてきた台詞を、中学生だった頃の弟が、母と大喧嘩した後で愚痴っていた。

「女って何でそんなにしつこいの？　自分が〝勝つ〟までとことん向かい合ってくる。すげぇ面倒くせぇ！」

あ～あ。かわいそうな男たち。どうして彼らは、私達女の〝冷静な話し合い〟と〝ヒステリー〟の区別がつかないのだろう。女との話し合いがトラウマ過ぎて、先に声を荒げるのは決まって男の方なのだ。女は、冷静な声で話し合いを始めようとしただけ

なのに、男はこれを喧嘩の合図と勘違いし、「やめてくれ！」と声を張る。突然キレた男の態度に唖然とした女が「私の話を聞いてよ！」と主張すればもう、それだけで男は女のヒステリーが噴火したぞ、とミスアンダースタンド（涙）。もうお話に、なりませ～ん。勝ち負けじゃないのに、すぐに男は、話し合いを〝試合〟にすり替えてしまう。そこで初めて、女は怒る。男はいつも信じてくれないけど、会話の始まりでは本当に怒ってなんかいなかったんだよ。

でも、女から放たれた話し合いの〝ひとこと目〟から男が逃げ腰になる理由はなんとなく分かる。女がそんな気もなく放つ一言に、男が〝負けそうだ〟と感じるから、男は女に〝責められている〟のだと思ってしまう。そこに、思い当たる〝自分の落ち度〟があれば尚更のこと。そう。男は分かっているのだ。女以上に。女に言われる前から、自分のダメなところを自分で気にしている。こういう面では、男は女より、遥かに繊細で、とても不器用。だから、話し合いを拒むようにして牙を剝く。

ただの何でもない話し合いですら、男はこれだ。もし、男が「気持ちが冷めてしまった」という罪悪感を胸に抱いていたとしたら、自ら「別れよう」という一言を切り出し、女との〝話し合い〟を開始させることは、とてつもなく勇気のいることなのかもしれない。
「好き」だと何度も何度も伝えた相手に対して、その気持ちが冷めてしまった時ほど、罪の意識を感じる時はない。男も女も、それは同じ。でも、「別れたい」と女が男に告げる時、どんなにどんなに胸が締め付けられていても、大切な人を傷つけてしまった自分がどんなに許せないと思っていても、女はどこかに〝恋愛が終わりを迎えるのは誰のせいでもない〟という自信を隠し持っていたりする。もしかしたら、男はそんな風に器用になれないのかもしれない。そう考えてみると、罪悪感にさいなまれる男が女との話し合いに臨むのは、まるで、裁判所へと出向く犯罪者のような気持ちなのだろう。そこに、鎖も、手錠もないのなら、逃げ出す男がいるのも、納得だ。

〈続く〉

「別れよう」と言いやがれ！

それは最後の思いやり度★★★★★

「付き合おう」

そんな言葉がなくても、自然と、恋人同士になってゆくカップルは多い。でも、「別れよう」という言葉なしに、自然と、離れてゆけるカップルなんているのだろうか。

言葉が必要ない時。それは、互いの気持ちがひとつの時。お互い好き合っている者同士が、磁石のように引っ付きあい、一緒にいるようになるのは自然なこと。だからそこに「付き合おう」という言葉がなくたって、恋人同士になれるんだ。（その言葉が女に何よりもの安心を与えてくれるんだけど……というのは置いておく）。それが、付き合う時の両想い。そしてもし、別れる時も両想いなら、言葉なしに、互いに背中を向けることが出来るだろう。「もう会いたくない」と、２人が同時に思えたのなら、磁石のように互いを退け合えるのだから。でも、好きになる瞬間も、その好きが冷める瞬間も、ピタリと同じタイミングで感じることができるカップルなんて、そういない。

気持ちの波はいつだって、ズレてしまうんだ。

「一緒にいてよ」

「もういられない」

それぞれの想いがアンバランスな別れは、とてつもなく理不尽で、悲しく、悔しく、どちらか片方の心をえぐる。えぐられた方も、えぐった方も、両方が傷つき、涙で終わる。「だから……」と男は言った。「最後の言葉なんて言いたくないんだ」と。「少しずつ関係から身を引いて、相手に別れたいという意思を空気で伝えて、何もいわずに消えたいんだ」と。分からなくないよ。傷つけたくないし、傷つきたくない。それなのに、傷つかない別れの言葉なんてないのだから……。でも、それをきちんと言葉で伝えることには意味がある。それは女にとって、男が思う以上に重要な〝救い〟になるのだから。

女は男より、ケチだ。時間に。20代、30代の、子供が欲しい女なら、特にそう。カラダのタイムリミットがチクタクと時間を刻む中、女が男と付き合う時、女は当然頭の中で未来予想図を描く。綺麗な色でそれを描けない場合でもとりあえず、描いてみる。女ってそういうもの。〝今だけ〟なんて見つめていられない、未来を夢みるリアリストなんだ。

だから、たとえその結末が予想通りにいかなくて、未来を夢みた大好きな男に一方的に振られてしまったとしても、せめて、せめてもの願いとして、付き合った時間に何かしらの〝意味〟を持たせたいと切実に思う。だって、貴重な時間を無駄にしただなんて死んでも思いたくないから。悲しい別れに唇をかみ締めながら震えていたとしても、「私の愛した男は素敵な人だった」と自分のために思っていたい。「結果的には辛い恋だったけれど、これで私は成長した」と自分のために思ってあげたい。だって、たとえ事実はそうでなくとも、そう思い込まなきゃ絶対に立ち直れないから‼

それなのに、「別れよう」という言葉さえないままに男に突然フェイドアウトされたら……。女は死ぬ。それは、付き合った女に対して男が出来る、一番の裏切りと言ってもいい。浮気されるより、100倍キツイ。浮気されていた後で突然消えられたらもう…。女は死ぬ前に男を殺《や》るだろう。

終わってしまった恋愛に自分なりの意味を見出し、納得出来て初めて、女は前に進むことができるもの。割り切れない想いほど、長く引きずる苦しみはない。それこそ、貴重な時間をズルズルと、泣き止むことが出来ぬままに過ごす羽目になってしまう。

だから男からの最後の言葉は、振られて傷心な女のせめてもの、願い。そりゃあ、男が徐々に電話に出なくなっていったり、会えなくなったり、フェイドアウトされれば女だって気付く。別れたいのかな？　って、そりゃ分かる。でも、それを面と向かってきちんと伝えてくれ！　女との〝話し合い〟がどんなに苦手でも、罪悪感を抱えているからこそ気まずくても、そこは男らしくグッと覚悟を決めて言ってくれ！

「別れよう」と言いやがれ！

それは男が出来る、一番最後の、とても大切な、一度は好きだった女に対してのせめてもの思いやりだ！

〝別れ切り札〟を出す殿方

姫には通用しなくてよ？　オーホッホ度★★★★☆

肝心の別れのセリフを言えない男がいる一方で、喧嘩のたびに別れのセリフを口にする男も多い。そいつらが同一人物だという場合もあるというのだから、男ってほんと、信じられない生き物だ。

「んだよっ！　じゃーもう、俺と別れればいいじゃん！」と、喧嘩の真っ最中に逃げ場のなくなった男が叫ぶ時ほど、女が落胆する瞬間はない。どうして汚い靴下を脱ぎっぱなしにするの？　とか、なんで帰りが遅いときは1本電話が出来ないの？　とか、またパチンコ行ってお金すったでしょ？　とか、次の仕事が見つかる前に会社辞めるなんてありえない！　とか、そういう具体的なお話をワタクシはしているのに、お前はそこにいくか……、と。（涙）。

「……は？　なんで、そうなるわけ？」

女は、目の奥に殺気を忍ばせながらも冷静に呟く。女の殺気に気付かない哀れな男は、女が〝別れ切り札〟に怯んだと勘違いして、豪快に叫ぶ。

「そんなに俺が嫌いなら、もう別れるしかねーじゃん！」

女は大きく息を吸い込んでから、長～い台詞を一気に吐く。

「じゃあ、あれだ？ 貴方には、私が今指摘した問題点を改善する意志は全くなく、そのままの俺様を受け入れられないのなら、別れるしかない、と。貴方はこう思っているわけだ。ここで私が泣き崩れ、〝あぁ、めっそうも御座いません。貴方様と別れることを考えれば、こんな小さなことで目くじらを立ててしまった私がいけませんでした。すみません、そのままの貴方様で結構ですので、どうかおそばに置いて下さい〟って、この喧嘩が収まると…」

そして、スッとまた息を吸って、今度は大声で。

「てっめーは殿様かっ⁉」

男はお目目をまん丸にしてから、はぁ、と肩を落とす。（普段言葉使いが綺麗な女なら、これは尚更効果的。喧嘩の時に〝凄み〟を出すためだけに、女たるもの、普段は綺麗な言葉使いを心がけましょう♪）。

「それとも……」

女は冷静な態度を取り戻し、話し始める。

「それとも、貴方は本当に私と別れたいの？　貴方のダメなところを指摘してくれる存在というのは、貴方にとって宝なのよ。これは恋人関係じゃなくても、同じ。ダメなところを言ってくれない相手とは友情だって築けやしないわ。そんな、貴方の人生にとっての宝である私を、貴方は失いたいと思っているのかしら？」

「いえ、あの、本当に、申し訳ありませんでした！」

〝別れ切り札〟が通用しなかった殿方は、最後は姫に、深々と頭を下げるのだ。


女に口で勝てる男って、実は少ない。赤ちゃんだって女の子の方が早く言葉を喋り出すし、帰国子女の子供たちだって女の子の方が先に外国語をマスターする場合が多い。だからこそ、女優勢の口喧嘩の途中で、どうしようもなくなって〝別れ切り札〟を出したくなる男の気持ちもよく分かる。でも、それを出したって同じこと。日頃からペチャクチャペチャクチャ喋りまくっている私たち女の〝話術〟を甘くみたらいけませんことよ　♪オーホッホホ♪　と、笑ってから気がついた。女に口で勝てないから、男は別れを告げるのも怖いのか……。女の口って、ほんと、信じられないくらい強い。イエーイ。（？）

ふと遠い男

心の寂しさ度★★★★☆

「いつもはすごく親密なのに、フトした瞬間にすごく遠くに行くんだよね、彼……」

深夜の長電話中に恋人の愚痴をもらす女友達Ａ（30）。私は携帯を耳と首の間に挟んで、剝《は》げてきた右手の親指のマニュキアを左の指で削りながら「ふ〜ん」と聞いていた。だって、そう言いながらもＡカップルはいつもラブラブなんだもん。Ａの恋人は42歳、バツイチだけど、大人でナイスなジェントルマンだ。

「私はもっと彼に近づきたいと思ってるのに、彼が私から一定の距離を置くから、〝彼がそういうつもりなら、私もあんまり深入りしない方が身のためかも〟って私もブレーキを踏んじゃってる状態なんだよね」

Aの悩みが思ったより深刻そうなことに驚いて、私は携帯を手に持った。

「え～！　だって一緒にいる時、すごい仲良しじゃん！　関係も安定してるとばかり思ってた」

「うん、そうなの。喧嘩もしないし安定して仲はいいんだけど、外からは見えない〝距離〟がうちらの間にはあるんだよねぇ」

そうだ、そうだった。外からはどんなにラブラブにみえるカップルにも、2人だけの中にこっそりと問題が存在していたりすることを、私は思い出した。抱き合う男女の姿を第三者として見れば、そこに愛が存在しているものだと勘違いしやすいが、その内側の2人の心情までは分からない。たとえ2人の体が隙間なくピタリとくっ付いていたとしても、心と心の間の距離が離れていることは、実はよくあることだ。そして、体の距離は近いのに心の距離を感じる時ほど、女は寂しくなる。

「なんとなく感じていたその〝距離〟の原因が何なのか、この前ハッキリ分かったの」と、Aは言った。Aカップルと彼等の友達夫婦の4人で食事をしていた時に、話題が子供のことになり、友達夫婦に「Aはいいお母さんになるだろうね」と誉められた時、その意見に同意した彼はAにこう言ったんだそう。

「君の子供は幸せだよ」

〝私の子供はあんたの子供ではないんかい⁉〟と、Aは内心啞然としながらも、引きつり笑いをするしかなかったらしい。結婚を婚約という形で求めている訳ではないとしても、付き合っている相手が結婚するつもりがない、というのは問題ありだ。少なくともいつかは結婚したいと思っている30歳の女にとっては……。それを理由にスパッと別れることはないとしても、未来を見詰める方向がそれぞれ違えば、少しずつ、だけど確実に心の距離は広がってゆくもの。

「彼と、もって後1年かなぁ。身長185cm以上の男ならもう誰でもいいから、なんとなく探しといて（笑）」と笑うAに、「オッケー。GLAMOROUSで〝グラ男特集〟やるみたいだから、編集者に誰かイイヒトいないか聞いておくわ（笑）」と約束し、私は電話を切った。

女の暴走特急にひかれた男

ご愁傷様です……度★★★☆☆

「今週末、遂にあの人が来日するの‼」


あの人とは、ジョニー。デップではなくただのジョニーだが、女友達M（26）にとってはどんな大スターよりも来日を心待ちにしちゃう、愛しい男。L.A.⇕TOKYO遠距離恋愛中のMは、彼との7ヵ月ぶりの再会を数日後に、かーなーりー興奮気味。

「もうね、何度シミュレーションしたか分からないよ！　成田空港の到着出口から出てくるジョニーと、完璧な装いでそれを迎える、私。そして、思わず涙を流しながら抱き合い、キスをする私たち……、まるでハリウッド映画のワンシーンのような2人に、熱い視線を送る外野……」

頭から湯気が出る勢いで自身の妄想を語るMを前に、私は、〝外野って……〟と突っ込みを入れたかったが、それを言葉にする隙を与えられなかった。

「そして2人は、リムジンに乗り込むの、ドアを閉めたその瞬間、服を脱がしあい、愛し合うのよ、ホテルに着くまで待てない勢いでね……」

「ちょっ！」

Mの妄想の続編があまりにもドラマチックだったので私は、慌てて言った。

「なに、リムジンって？　成田エクスプレスの間違いじゃないの？（笑）」

すると、Mはビックリして言った。

「ばかっ‼　7ヵ月ぶりの再会に電車に乗っちゃぁ、ロマンティックな夜が台無しよ！　私がリムジン＋ホテルを手配すんのよ、サプライズで♪」

「てか、電車はナシっていうけど、あんた自身が暴走特急みたいなんですけど……」

「もうリリの、ばかっ！　私はロマンティストなの！　だから外国人と付き合ってるんだっつーの！」

「いや、私もドラマチックだーいすき、クサイくらいのが好きよ！　でも、でもね！　遠距離で、会いたい気持ちが募りに募った後の、女の〝期待と妄想〟は、超リスキーなんだって！　せめてホテルとる前に彼の予定が空いてるかちゃんと確認しなー！」

必死に説得する私に、またMはシャウトした。

「もぉ～！　ばかっ‼　それじゃ、全然サプライズじゃないじゃーん！　〝秘密だから盛り上がる〃ってのを、あんたは知らないの〜？」

〃いや、知ってるけど……、だけど、だけど……〃

「リーリーなーにーしてんのー？」

恐ろしく暗い声でMから電話がかかってきたのは、ジョニー来日初夜……。

「っ‼ あんたこそ何してんの？ 何、私に電話してきてんの⁉」

「んー？ 今、ひとりで新宿のハイアット。ねぇリリ、この部屋一晩いくらするか知ってる？ じゅーまんよ、じゅーまん！ ひとりの夜にじゅーまんえんっ！」

「……え、ジョニーは……」

「なんかー、今夜、会社の人の接待が入ってたんだってー、ま、出張で来てるわけだしー、ま、しょーがないのかもねー、すっごい謝ってたけどさー、なんか、彼が悪いわけじゃないから余計に、傷ついたなー」

「…………」

私は何て言ってMを励まそうか考えた。〃だから言ったじゃん〃だけは、一番の禁句なので、あぁ、何て言おう。大丈夫だよ、いや、全然大丈夫じゃねーし、元気だしてよ、いや、この状況でだせねーだろ……etc.。

するとMが言った。

「あぁ、夜景がすっごい綺麗だよ。私、彼と別れようかな。合わないみたい、色々と……」

そして、翌日、ジョニーがMのために24時間丸々空けていた翌日、ジョニーはMに振られた。女の暴走特急は、猛スピードで運転中の女自身も相当こらしめるが、それにひかれた男の方が、たまらない……。

女の妄想殺し男

死ねと叫ばれる度★★★☆☆

女が、恋愛をよりドラマチックに、よりロマンティックにしようと頑張ると、何にもいいことがないのは、一体何故だろう？　女は男よりも現実的なはずなのに、恋愛のこととなると、女はブレーキの壊れた特急列車のように暴走し過ぎてしまうのかもしれない。う〜ん、女は、じゃないな。私は、だ（笑）。そして、前回のコラムのMの話じゃないけど、遠距離恋愛って凄く危険だ。距離が離れると、気持ちがすれ違うとか、浮気が、とかそんな問題ではなく、ただ単に女の妄想が暴走するから、である。

高校3年の時、私はフロリダに留学中で、日本にいる大学生の男と遠距離恋愛中だった。と、言っても付き合っていた訳ではなく、7：3の割合くらいで私の片想いだった。付き合っていたって遠距離は辛いのに、その上、ただの片想い……。そんなに惨めな話が、あるだろうか（涙）。それでも私はほとんど毎日男に手紙を書き（彼は2ヵ月に一度返事をくれた）、毎週末に国際電話をかけた（彼がかけてくれたことは一度もない。号泣）。それでも男は、

「お前が日本にいたら、俺たち付き合ってただろうな」

なんて言うもんだから、私は男を諦めることなど出来ず、勝手にどんどんヒートアップしていった。

そして遠距離歴が3ヶ月になった、冬。会いたくて会いたくて、もう会いたくてたまらなくなった私は、男に提案した。

「私ね、バイト代が貯まったから、冬休みに数日間だけ、日本に帰ろうと思う。でも、

留学中だから親には絶対に言えないし、あなたに会うためだけに、秘密で帰ろうと思うの。どう思う？　迷惑かな？」

男は驚いたようだったが、優しい声でこう言った。

「まじで？　それ、なんかすげぇ大胆っていうか、いいじゃん、ドラマチックで！　俺、そういうの嫌いじゃない。来いよ！　俺んち泊まればいいよ！」

その瞬間、私は、スリリングな映画の中で、危険を冒してまで恋愛に生きる、美しきヒロインとなった。そんなデンジャラスな自分に、私は痺れた（笑）。

1週間後、ネットで一番安い航空券もチェック済み、ヴィクトリアズ・シークレットの下着も購入済み、の私は、日程を最終確認しようと男に電話をした。すると、男は言いやがった。

「わりぃ、俺、冬休みさ、大学の奴等とスノーボードしに山、行くんだったんだよね。ほんと、わりぃ」

その瞬間、私の心臓は、たぶん医学的にも一瞬、止まったと思う。

「%A#2¥W&!?」

言葉にならない叫びを発した私に、男は「え?　なに?」と聞き直した。

「お願いだから、死んで!?」

そう言ってすぐに電話を切ると、私はもう、それはそれはもう、怒り狂いながら号泣した。

全身を使って、めいっぱい想い描いていたドラマチックな夢(妄想)を、一瞬にしてぶっ壊される時ほど、女が死亡することはない。だから、〝目には目を歯には歯を精神〟で、女はそんな時、男に「お前も死ね」と言うしか、ないのである。

修羅場の中心で愛を叫ぶ!

シュラチューの盲目度★★★★★

〝浮気をする→嘘をつく〟がライフスタイルと化している男と付き合って1周年を迎

えた女友達R（26）が、興奮気味なテンションで電話をかけてきた。なんでも、男が携帯を忘れて仕事に行った後で携帯を見たら、浮気が新着2件、見つかったとのことだった。

他人の携帯を見るのはプライバシーの侵害だ、という意見もあるが、1年で浮気された回数が10を超えたRには、男の携帯を見るなと言うほうが難しい。男に、というよりも男の浮気を見つけることに執着したRは、男と一緒にいる時も、隙さえあれば携帯を見てやろうと常にスタンバイ状態。「もうね、手馴れたもんよ。男が1分席を外しただけで、過去数日間の受信&送信メールを全部読破できるまでになっちゃった！もちろん、男が戻ってきた時には待ち受けのライトが消えてるように（見たことがバレないために）、その時間もちゃんと計算してやるんだから！」と、いつの日かRは自慢していた。そうして浮気を見つけては、こうして女友達みんなに電話をしてRはビッグニュースを報告する。が、男の浮気に驚いているのはRだけで、誰もう「まじ？ありえない！」と興奮したりはしない。「へぇ、また？」と冷静に答えるだけだ。

「もうさ、何回裏切れば気がすむの？　って感じだよね！　ほんと、頭にくる‼」

Rがキーッ！っと叫び終えるのを待ってから、私は言った。

「だから、そういう男にはRを裏切ってるって実感もないんだって。だから罪悪感もないし、繰り返すの！　逆に、あんたが何回裏切られれば気がすむの？　って話だよ⁉」

「分かってる。もう別れる！　絶対に！　今度こそ決めたの！」とRは答えた。そして、こう付け加えてから電話を切った。

「だから今、奴の職場に向かってるとこ。〝死ね〟って叫んで携帯投げつけてくるから！んじゃね！」

ツーツーツー、と一方的に切られた通話音を聞きながら、私は思った。〝……。別れる気、全然ないやん〟と。本当に男と別れられる時というのは、修羅場を起こすパワーすら失った時。わざわざ時間を使って男の職場まで出向き、体力を使って携帯を投げつけるというのは、男のことがまだ好きだから。男の職場の人たちが目をまん丸にして、Rと男のやり合う姿に注目する中、Rは「死ねっ‼」と叫ぶのだろう。しかしそれは、R以外のすべての人の耳には、こう聞こえる。

「好きだ！　大好きだ！　愛してるーーーーーっ!!!!!」

神がかった男

ボランティアの必要なし！度★★★★★

「彼に言いたいことがあっても、喧嘩になるのが面倒臭いから、ついつい言葉を飲み込んじゃうんだー」という女友達は少なくない。分からなくもないけれど、うーん、やっぱり分からない。

「言いたいことを飲み込んでたら、おなかに溜まって、苦しくならない？」

彼女たちは、首をそろえて、前に振る。

「なるよー。でね、いろいろ溜めてると、小さなことが積もりに積もって、何を言いたかったのか忘れちゃうのよ。だから、理由の分からないかたまりができて、おなかが重たい感じ」

うーん、やっぱりそれって、ヘルシーじゃない。たとえるならばそれ、感情と言論の便秘。

「相手は上司じゃなくて恋人なんだから、おなかに溜めずにその都度、言いたいことをハッキリ言った方がいいよ！」

するとと今度は、彼女たちは、首をそろえて、横に振る。

「それができないんだよ。彼の機嫌を損ねたら、面倒臭いことになるから」

うえー、やっぱりその関係、何かがおかしい！

彼の機嫌が悪くなる。「それが？」である。２人の人間が一緒に生きてゆく中で、そりゃあ、お互いがお互いの言動に機嫌を損ねることはあるだろう。あって当たり前。〝常に２人共、上機嫌！　喧嘩しらずのハッピーカップル！〟なんて、逆に胡散臭くて気持ち悪い。それなのに彼女たちは、彼の機嫌が悪くなり喧嘩が始まることを、恐れているようにさえ見える。その理由はさまざまだ。
①「より惚れている方の弱みなのかも。喧嘩になって、彼に別れを切り出されるのが怖いの」
②「彼に口で勝てないんだよ。だからいつも喧嘩になると、決まって私が落ち込んで

終わる。それが嫌だから、喧嘩を避けてるの」
③「彼、興奮すると暴力ふるうから……(‼)」

いや、その理由はさまざまなようで、大きな共通点がある。①は心で、②は口で、③は体で、〝2人のものであるはずの関係〟を男に支配されているのだ。③は、一番分かりやすいDV。犯罪であり、どんな理由があっても許されることではない。(女に手をあげることでしか自分の強さを示せない男ほどに、弱いやつはいない!)。だけど実は、①も②も、同じような問題を抱えている。男が自分よりも〝絶対的に上の立場〟に君臨している、ということだ。その男は、王か? はたまた、神か? 決して怒らせてはいけない、と絶対服従するほどの、存在か(涙)? もしそうなら、彼らは彼女たちの〝恋人〟ではなく、〝神〟の領域に達した、超重要人物ということになる(号泣)。

彼女たちは、悲しいため息を、そろえて漏らす。

①「喧嘩して、別れを切り出されるたびに、あぁ私って愛されていないんだなって、

女としての自信を失っちゃう……」
②「喧嘩して、彼に色々と駄目出しされ続けると、どんどん自分が〝駄目な人間〟なんだって思えてくるの……」
③「喧嘩して、彼にボコボコにされると、すべての感情が殺されて、もう何でもいいやって思えてくる。すべてに対して無気力になるの……」

神がかった男たちは、女の自信や気力をバキュームカーのように勢いよく吸い尽くし、「あぁ、やっぱり私は駄目な女だから、彼がいなきゃ駄目だ……」と思い込ませることに成功しては、その〝神度〟を高めてゆく。完全なる、悪循環。これはもう、DVの典型的な症状なのだ。

エリカ様風に言うならば、その男こそが「諸悪の根源」。彼がいなきゃ駄目、なのではなく、彼といるから駄目、なのだ。同棲していた恋人からの、病院送りになるほどの暴力に悩まされてきた女友達が、最近やっと、その男と別れることができた。まるで夜逃げのようにして男から逃げ出した彼女は、ほんとうに久しぶりの笑顔を見せながら、言う。

「別れて、駄目になったのは、私じゃなくて奴の方だった。社会の中で手に入れることができなかった〝権力〟を、2人の関係の中で振りかざす、悲しい男だったよ」

男女関係の中で神がかる男に限って、社会の中では権力から一番遠いところにいるもの。彼女は、続ける。

「一緒に住むまで、まさか暴力を振るう奴だとは思わなかったけど、でも、思い返してみれば、付き合いはじめたころから私、彼の機嫌を損ねないようにってビクビクしてた。それ、危険なサインだよ」

暴力を振るう振るわないにかかわらずとも、言いたいことを飲み込まざるを得ない関係なんて、不健全。自分に自信を持てず、社会の中で自分の居場所を確保できない男たちは、確かに可哀想かもしれない。だけど、だからといって、そんな彼らを神のように讃えては絶対服従する、恋愛と呼ばれる〝女たちのボランティア活動〟には、断固、反対だ！

女に生気を吸い取られた男

むしろ生気をお裾分けしよう度★★★☆☆

DVは、男が加害者で女が被害者、とは限らない。威張り腐った婆（バア）&生気を吸い取られた爺（ジイ）カップルを、見かけたことはないだろうか？　私は、ある。長年連れ添った夫婦は顔が似てくる、とはよく言うけれど、その逆もあるんだなぁとそのたびに思う。婆の強気オーラvs.爺の弱気オーラ。婆が威張れば威張るほどに爺がしおれてゆく、この悲しき反比例。何故この優しそうなお爺さんは、見るからにクソババァなこの婆さんを捨てないのだろうか？　と思うのだけど、その答えは前回のコラム――神がかった男と離れられない女――の心理状態と同じなのかもしれない。これは立派なDVだ。

「男の子は、女の子に優しくね♪」とは、子供の頃に大人たちの口から何度も耳にする台詞。男子も女子もそれを聞きながら育つ。男の方が女よりも力が強いから、というのが根本にあるのだろう。自分より弱い者に優しくする、というのは絶対だ！　だけど、子供の頃は男子と女子にそう力の差があるとも思えないし、大人になってからだって、現代社会を生きてゆくのに必要なのは、腕力よりも精神力。さて本当に、男より女の方が弱いだろうか？　もし私が男で、ギャル男だったなら、「ちょっ待てよ！女のが、マジつえーって！」と叫び、もし私がその隣にいるBボーイだったとしたら、「それ、間違いねぇYO！」とギャル男に同意しただろう。だって本当に、女は強い。特に最近、〝女であること〟のリスクが減りメリットが増えてきた現代において、女は強くなる一方だ。すると、やはり、反比例。元気のない男たちが急増中……。

この状況は、やばい。私たち世代が老人になる頃、街中が〝威張り腐った婆&生気を吸い取られた爺カップル〟で賑わう可能性大なのだ。そんな50年後の巣鴨、想像するだけでオゾマシイ（涙）。「これからは女の時代だわ！」とキャリアを築き、イキイキ輝く私たち現代女だって、〝弱っちー男の生気を吸い上げながら威張り腐って天下とってやる！〟なんて1ミリたりとも思っていない（号泣）！　自分たちと同じくらい、理想を言えば自分たち以上に、強い精神力を持った男を求めているし、そんな男を尊敬し、愛したいと願っている。そして愛し合う中で、溶けるほどに優しくして欲しいし、溶かすほどに優しくしたい！

最近の男たちは元気がないと書いたが、裏を返せば、最近の男たちはとても優しい。

男気満々の威張りんぼ男が〝粋〟とされた時代はとっくに終わり、今は優男（ヤサオ）と呼ばれる男たちがモテる時代。「女の子に優しくしくね♪」と言い続けられて育ったからか、優男はその名を裏切らない。

今、もっと優しくなるべきは、私たち女なのかもしれない。だって、「女の子は弱いから俺が守ってあげよう」と思っていた可愛い男の子たちが、今大人になり、実は最強かもしれない〝女のタフさ〟にビビッて自信を失くしているケースは少なくないと思うのだ。（笑。あ、笑っちゃいけないね……）。

今こそ、「女は、男に優しくね♪」。男は誰より、何より、女に励まされ、女だって、誰より、何より、男に救われる。男に元気がなくて一番困るのは、私たち女なのだ!!

旦那の生気を吸い取って威張り散らした跡が、顔中に刻まれたＤＶババァになんか、誰もなりたくないはずだ！　愛する男が弱っている時には、むしろ己の生気をお裾分けする勢いで優しくしよう。繊細で脆い男心を、褒めて、励まし、元気をあげよう。そのエネルギーを元に社会の中に居場所を見つけた男は、心に余裕が生まれ、優しさをきちんと返してくれる。お互いへの優しさが対等な関係こそ、理想的だもの。

ってまぁ、言うのは簡単なんだよね……。

〈続く〉

鬼嫁男①　〝ハニー〟から〝テメー〟へ……度★★★★★

2人目の赤ちゃんが生まれた♪との報告を受け、私は結婚3年目になる女友達H（28）の〝愛の巣〟に遊びに行った。すると、家の外にまで響き渡っている叫び声が！しかもその声は赤ちゃんの、ではなく、女友達の……。いつの間にかここは、〝鬼の巣〟になっていたのだ。

「テメー！　何やってんだよっ‼」

家の中に入ると、女友達が旦那（31）に罵声を浴びせていた。「ど、ど、どした？」と怯える私に、怒りで顔を真っ赤にしたHが言った。「ちょっと聞いてよ‼　彼ったらミルク、熱湯で作ってんだけど！　ありえなくない？　子供死んじゃうっつーの！」。旦那を見ると、彼は〝お母さんに怒られた少年〟みたいに、ふて腐れた顔してうつむいている。

〝ま、彼も手伝おうと思って失敗しちゃったんだから、そんなにキレなくても…〟と私は一瞬思ったが、「もぉーっ！　あんたって何一つまともに出来ないんだからっ！　余計に私の仕事が増えるじゃん！　なんで？　なんでいつもそうなの？　1人目の子供の時にもあんた同じことやったじゃん！　なんで？　なんで同じ失敗ばっか繰り返すの？」と、怒りの連続爆発が止まらなくなった女友達を前に、〝あぁコレ、旦那が悪いな……〟と思い直した。だって彼女は数年前まで、ちょっと天然入った癒し系ガールだったのだ。彼氏のことも女友達のことも〝ハニー〟と呼び、にゃんにゃん可愛く甘えてくるような、そんなスイートガールだったのだ。それが今、彼女は旦那を〝テメー〟と呼び、典型的な鬼嫁になってしまっている（涙）。

その原因は、たったひとつ。旦那だ。


幼稚園の女の子で、将来の夢に〝お嫁さん〟を挙げる子は多いが、将来〝鬼嫁〟になりたいと思っている子は一人もいない。たとえどんな強気な女だって、自分の男にはいつだって優しく接したいと思っているし、結婚してもずっとラブラブでいたいと願っているもの。玄関では「ダーリンいってらっしゃい」って言いたいし、ベッドの中では「ハニー愛してるよ」って囁きたい。家の中で、家の外で、もう場所も関係なく、「テメー何やってんだよっ！」って毎日叫びたいとは、誰も思っていない（涙）。しかし、そう叫ばざるを得ない精神状態へと女を導く種類の男（＝女を鬼嫁にする男＝鬼嫁男）というのが存在しているのだ。結婚しなくても、付き合うだけで、〝乙女〟を〝鬼〟へと豹変させてしまう男というのが……!!

女を〝鬼〟にする男なんてどんな最悪野郎なんだ、と思うかもしれないが、〝鬼嫁男〟のほとんどが〝イイ奴〟であることが多い。そして、ここが最大のポイントだ。彼が〝イイ奴〟であるからこそ、その〝イイ奴〟な彼の中に潜む〝性格的な問題〟が見えない周りからは、「あんなイイ人にそんな酷い態度を取って！」と、女に批評が集中する。しかも〝鬼嫁男〟は自分の〝罪〟にまったく気付いていないので、自分が被害者であると信じ込み、「うちの彼女は／奥さんは〝鬼嫁〟っすから、もう俺大変で……」と、周りに言い触らす習性がある。女が自分の男を優しい声で「ハニー」と呼べなくなった背景には色んな問題が絡み合っているというのに、周りには、「テメー！」と叫んでいる姿だけが広まり、女は〝クソババァ〟と皆に嫌われる。最悪なパターンだ。

「私、男の人のこと〝テメー〟なんて呼んだこと一度もないよ〜」という女こそ、この〝鬼嫁男〟には気をつけなくてはならない。なぜならそれは、貴女の女性としての品格が優れているからではなく、今まで一度も〝鬼嫁男〟と付き合わずに済んだ、というだけのことかもしれないのだから。次回、鬼嫁男についての詳しい解説を。〈続く〉

鬼嫁男②

〝ハニー〟から〝テメー〟へ……度★★★★★

恋人や夫婦って、好き合って一緒にいる者同士。だから本当は誰だって、自分の愛しい男に、「ハニー♪」と優しく囁き毎日甘えていたい。でも何故か「テメー!」と大声を上げて、愛しいはずの男に毎日ブチ切れている女がいる。優しく微笑んだ唇から「ハニー」と甘い言葉を奏でる女と、片方の口角を引きつらせた震える唇から「テメー」と暴力的な言葉を吐き捨てる女。その2人の女の違いは、男にある。私はこの事実を、身を持って知っている。

今でこそ恋人を「ハニー」と優しく呼んでいる私だが、その昔、ちょっと付き合った男Z（当時20）のことは、「テメー」と呼ばせていただいていた。だってZは、女を鬼へと豹変させる〝鬼嫁男〟だったんだもん……。

多くの〝鬼嫁男〟がそうであるようにZもまた物凄くイイ奴で、私の周りの友達も皆「ほんとZってちょっと天然でおもしろいよねぇ♪」と言っていた。しかし、これまた多くの鬼嫁男がそうであるように、深く付き合ってみた人にしか分からない〝悪意のないドジ〟さと、〝天然性のジコチュー〟を合わせ持った男だった。少し離れたところから見れば〝天然でおもしろい〟と笑えても、一緒にいればそれに振り回されまくる羽目になるので、決して笑えない。しかも、毎回Zが繰り返すのは〝アリエナイ不運〟と〝悪意のない失敗〟ばかりなので、何度注意しても永遠に直らないのだ。

たとえば、クラブデート帰りの深夜。車をとめた場所が分からなくなったと言う彼と（それも3度目）3時間以上新宿を歩き回り、疲れ果てた私が「また車なくすなんてアリエナイ！これ、何度目よ？」とキレそうになった瞬間、私たちの横をレッカー車に引っ張られた彼の黒いボルボが通っていった。車道に飛び出して「おーい！」と叫びながらそれをダッシュで追いかける彼の後ろ姿に、私がドン引きしたのは言うまでもない（涙）。

そして、その後も車によるトラブルで何度も何度も揉めたので、「もうあんたの車には乗らない」と電車でデートした帰り道。上野駅で乗り換えの電車を一緒に待っていると、突然、隣にいたはずのZの姿が消えていた。物凄くビックリして、Zを探し回ったがどこにもいない。電話をしても電話に出ないし、私が一瞬目を離した隙にZが何かの事件に巻き込まれたのでは、とメチャメチャ心配になり（なぜならよくアリエナイ事件に巻き込まれるから）ホームや駅の中でうろたえること1時間。ついに電話が繋がった！　と思ったらZはシレッとした声で、「どこにいるの？　オレもう家だよ」。

「え？　え？　なんで？　だって突然消えたじゃん……」と私が怒りに震える声で呟くと、Zは言った。

「電車待ってた時にふと、さっき通り過ぎたホームレスのおじさんがタバコ欲しそうな顔してこっち見てたの思いだして、タバコあげに戻ったの、オレ。で、おじさんに1本あげたら喜ばれたから、公園の方まで行って他のホームレスたちにもタバコ配ってきたんだよ。で、いま家ついたとこ」

その時、「まぁ、ハニーったら、なんて親切なの♪」と返せる〝器〟を持った女は、世界に何人いるだろうか。当然私はそんなもの持ち合わせていない。当時流行っていた〝品の良いお嬢さん風〟（白いロングコートに、Pinky Girlsの淡い水色ワンピ、+ヴィトンのスピーディ）ルックで、私はヤクザの組に入ったばかりのチンピラのような怒鳴り声を、上野駅のホームに響かせた。

「テメー！　ふざけんなっ‼」

優しそうにゆるく巻かれた髪のカールが、切なく揺れた（涙）。服装より何より、〝言葉使い〟は女性の品格を左右する重要なファクターらしいが、この時のZに対する感情を表す適切な表現は〝テメー〟以外には見つからなかった。この怒り、「貴方、おふざけにならないで」じゃ、まったく伝わらん。駅のホームにいた人々からの〝なんだこの下品な女〟という痛い視線を〝可憐な白いコート〟に突き刺しながら、私は余計にZに対する怒りをメラメラと燃やした。「テメー、よくも私の品格まで落としやがったな！」と。（↑品、ゼロ）。

でも、それでも好きだったもので、私はその足で彼の家に一人で向かった。当然〝怒ってやろう！〟と思いながらも。そしたら、あれだ。彼はもう〝ガン寝〟してしまったみたいでね……。せっかく電車を乗り換えて、駅から歩いて、彼の部屋の前まで行ったのに、だ。インターフォンを鳴らしても、電話しても、ドアが開かなかったのだ。Zは、怒られるのが面倒だからわざとドアを開けない、なんて卑怯なことをする男ではない。Zはただ単に、一度寝るとちょっとやそっとのことでは起きない体質を持ち合わせている男だった。(これも2度目)。そこに、悪意はないのだ。悪い奴じゃないのだ。今頃きっとスヤスヤ眠っているのだ。私ただ一人が、怒りすぎてドアの前で炎上している、と惨めな図(号泣)。鬼嫁は、猛烈に孤独なのだ。

いくら怒っても泣いても何しても、まったく伝わらない、彼との間の分厚い壁を感じた私は、「テメー」に背を向けて、「ハニー」探しの旅に出たのであった。

馬鹿男

恐るべし！度★★★★★

恋をすれば誰だって、〝彼にとって一番の女になりたい！〟と思うもの。自分が惚れた男に「お前が一番」だと言われるのは、とても名誉なことだ。しかし、その台詞を発する男によっては、それは女にとって何よりも不名誉なことになるらしい。「別れた後で奴に〝お前が一番だった〟って言われた時、それって〝都合のイイ女第1位〟の称号だって気づいて、唖然とした」と語るのは、私の女友達F（26）。

Fが20歳の頃に付き合っていた男は、病的浮気症＋ヒモ風味なダメ男だった。男の浮気が発覚する度にFは別れようと思ったが、浮気される度に嫉妬心がFの中で燃え上がり、やがてそれは男に対する女のプライドをかけた意地となり、Fは次第に男に執着していってしまった。そんなある日、男のことをまったく信じることが出来なくなったFが男の携帯を開いてメールを読むと、そこにはFと同じような関係の女がズラリ。単なる浮気相手としてではなく、男が自分と同じように他の女とも〝付き合っていた〟ことに大ショックを受けたFは、男の前で泣き崩れた。F自身も驚く位の凄まじい泣き方で、過呼吸に陥る程だったという。男はそんなFを見て、初めて謝った。「ごめん、まさかお前がこんなになるなんて俺、思わなかったんだ」と。さすがの男もこれには本当に反省しているように見えたし、Fは〝あぁこれでもう大丈夫だ〟と思ったそうだ。しかし、その数時間後、男はFを慰めたその足で他の女の部屋に移動した！「いやぁもうね、こいつ人間か？ って本気で疑ったよね」とFは当時を振り返る。（ちなみにこの話は私たちの間で〝伝説〟として語り続けられている）。しかしその時のFは動転しすぎて間違えて、その他大勢の〝彼女達〟の中での一番を目指してしまった。「週末は私と一緒にいるから、私が本命だわ♪」などと……。ダメ男にはまり中の女というのは、男に対するハードルがどんどん低くなり、些細なことで喜べる（都合の）イイ女へと成長する（涙）。

そんなFだったが、あることに気付いたことで、アッサリと別れた。「あまりにも酷い目に遭わされたから、別れる前に私も奴をギャフンと言わせてやりたかったの。傷つけてやりたかったし、心から謝って欲しかった。でもある時、気付いたの。奴には話も通じないし、更生不可能。これは不治の病だって。馬鹿という名の……」。私は数年前にベストセラーになった「バカの壁」という本を思い出していた。しかし女が、好きな男に「バカ〜♪」なんて言うのとはまったく違う、カタカナではなく漢字の「馬鹿」、恐るべし。

「数いる女の中で、奴にとって私が一番だったってのはね……」とFはため息をついて話し始めた。「馬鹿を相手に一番真剣に向き合ってたのが私だったってだけなのよ。そういう男の一番になるのは簡単なの。男の馬鹿さ加減に付き合い切れずにライバルの女たちが男から離れていく中で、自分だけ馬鹿みたいに男をひたすら許し続けていれば、消去法で〝一番〟になれるんだから。そんなに不名誉な一位ってないよ……」

女を震撼させる男

恋愛に疲れ、結婚に憧れる瞬間度★★★★★

結婚願望が上昇するのはなにも、20代後半に限らない。むしろ、20代後半になって恋愛願望が下降する場合だってあるし、そのタイミングには個人差がある。ただ、もう結婚しちゃいたい、と猛烈に思う瞬間というのは、年齢に関係なく存在する。男に振り回されまくり、恋愛というものに心底失望した瞬間だ。

あれはまだ私が10代だった頃、大勢の女たちが経験するように私もまた、恋をしていた。出会いたてホヤホヤ。うまくいくか、いかないか、まだ分からないけれど、今のところイイ感じ。そんな、胸のドキドキがとまらないファーストステージの真っ最中に、ある事件が起こった。

あれは、暑い夏の日のこと。私は渋谷でキャッチのバイトをしていた。(といっても、怪しい系ではなくて、テレアポなどの派遣バイトに登録しませんか、というキャッチね)。バイトを探していそうな学生風の人をチラチラと探しながらも、意識は完全に、手に握り締めた携帯に。同じくどこかでバイト中の恋相手M(当時19)と、メール交換をし続けながら一日を過ごす、というのがMと出会ってからの日課となったのだ。

『早く会いたいな～』

勇気を振り絞って打ったメールを送信すること、10分(あー、もー、とてつもなく長く感じた)。Mから、全世界待望の(少なくとも、私にはそう思えた)返信が届いた。

『俺も! 早くバイト終わんねぇかな!』

その瞬間、視界が、渋谷が、日本が、世界が、瞬く間に規模を広げて輝きまくり、私はこの世に生まれてきて本当に良かったと、すべての人にお礼を言って歩きたい衝動に駆られるくらいの幸福感を得た。そして次の瞬間、焦った。まさか今日会えるとは思っていなかったので、ブラとショーツがバラバラの、どうでもいい日用の下着を身に着けていることに気づいたからだ。当時はまだ実家に住んでいたので、電車で1時間半もかけて着替えに帰るなんて不可能！（↑地元でバイトしたら？ という突っ込みはおいといて……）私はその足でセンター街を駆け抜けて、走りながらも『私はバイト6時に終わるよ。何時に会える?』と速攻で返信を打ち、１０９に直行した。目指せ、ピーチ・ジョン！（あれ？ バイトは？ という突っ込みもおいといて……）

あぁ！ どれにしよう！ ショッピングの楽しさなんて感じる余裕はなかった。今から私が選ぶこの下着に、この恋の行方がかかっている。少なくとも、ほんの数%は、かかっている！ 目がマジになる、とはこういう時の女の目。M好みのブラは何色だろう、ショーツはTバック派？ ノーマル派？ 脳みそをフル回転しながら想像し、ほとんど睨むような目で下着を物色しながら、私は店内をうろついた。（怖い）。そして選んだものを数点持って、試着室へ。自分の好みも多少は入るが、第一目的はMにいい女だと思ってもらうこと。

〝よし、これだ！〟今でも忘れもしない、黒いレースのブラ&ショーツ。会計は5千円台で、ちょっぴり予算オーバーだったけれど、そんなことは言っていられない。日給5千円のアルバイト生活のＬ：ｉＬｙに、下着で「見えないオシャレ」を楽しむための余裕なんてゼロだけど、「大本命の男を落とすためのセクシー」には、5千円札を差し出せた。

店員のお姉さんから、商品を受け取って店をでると、携帯が鳴った。この買い物に集中しすぎて忘れていたが、そうだ、Ｍに何時に会えるのか、というメールを入れていたのだ。その時間に合わせて、この下着に着替えたり、化粧を直したりしなければならない。メールを開いた瞬間、私は震撼した。

『え？　今日は俺ムリだよ』

どうして。おかしいじゃないか。今すぐ会いたいと、テメーは言っただろう？　バイトが終わるのも待てないくらい、私に会いたそうな雰囲気だっただろう？　どうして。

それまで、『全米が震撼した！』という噂のハリウッド映画を何本か観てきたが、ここまで震撼したのは、初めてだった。私は怒りに震えながらも、男という邪悪な生き物に怯えた。恋愛というものに、心の底から幻滅した。

「もう嫌！　こんな最低な想い、もう二度としたくない！　もう早く最後の男に出会って、さっさと結婚しちゃいたい！」

あぁ、だけど、こんな惨めな私がいつか、男と愛し合い、結婚するなんて、不可能に思えた。１０９を出て、ほとんど放心状態で渋谷を歩いていた私は、普段は目にも留まらない50代くらいのオバチャンの左手の薬指に、結婚指輪をみつけた。（10代の頃は、なぜか同世代にしか絶対に目がいかない、この不思議）。私は彼女に、心から憧れた。

「結婚してるなんて、凄すぎる。マジで、羨ましい！」と、それはもう痛烈に。

Chapter 4.

Can't Help But Whisper,"i wanna get married……"

あふれる結婚願望

急に愛おしい年下男

持て余す母性愛度★★★★☆

「最近ね、私、20歳くらいの年下の男の子にやたらと目が行くようになって……。今、お気に入り君が3人いるの。美容師君とDJ君とアパレル君なんだけど、私、無駄に美容院通ったり、クラブイベント行ったり、服買ったりしてるんだよねぇ」

女友達M（30）が、私に言った。あれ？　Mって年下好きだったっけ？　と私が聞くと、Mは首を振った。で？　その男の子たちとは上手くいきそうなの？　と私が聞くと、Mはまた、首を振った。

「違うのよ、そういうんじゃないの。ただ、彼らを、可愛いな、応援したいなって思うだけ。Hしたいとか付き合いたいとか、そういうのとは違う愛情っていうか……」

「そ、それって……。初老のじいさんが、キャバクラとかで出会った若い女の子に抱く感情みたいじゃない!?　そんな、M、まだまだそんなトシじゃないでしょ？（笑）」

〝オイオイ……〟って私が突っ込むと、Mは真顔で言った。

「そんなトシなのよ‼　女、あと2ヵ月で30、独身！　母性本能を持て余すトシゴロなのよ‼」

〝おぉっ‼〟って私は、物凄く、納得してしまった。何故なら私も、そろそろ本格的に母性本能を持て余し始めていることに、最近気付き始めていたからだ。

「キャーーーッ‼　可愛いぃぃぃ‼」。先日、女友達F（28）と共に、店内に響き渡るような大声で悲鳴を上げたのは、青山のセレクトショップLOVELESSでも、表参道ヒルズのJIMMY CHOOでもなく、原宿のbabyGap。まるでぬいぐるみみたいな、クマさんの耳のついたモコモコ素材の小さな小さなセットアップを手に、私たちは失神しそうな勢いで歓声をあげた。その声を聞きつけてやってきたスタッフのお姉さんに、「サイズも豊富に揃っていますよ、お子さんはおいくつですか?」と微笑まれ、「あ、いません」と顔を赤くして答えた私たち……（笑）。

そしてまた別の日、別の女友達D（26）と私は、クラブ帰りのタクシーの中で、育児について熱く語っていた。私の子供は女の子、Dの子供は男の子、という設定のもと、私達は10代の子を持つ親として（完全妄想）、性教育をどうしようか、と眉間に皺を寄せて話し合ったのだ。「そんな大きなお子さんがいらっしゃるんですか?」と驚きすぎて口を挟んできた運転手さんに、「あ、いません」と私達は彼から目線を逸らした……（爆）。

元々子供好きとは言え、これはもう、何かがおかしい状態になってきた、とその時私は自覚した。子供はいつか欲しい、とはずっと思ってきたとは言え、まずは仕事、まずは結婚、まずは貯金、って今でも頭では思っているというのに、きっともう、私の頭の中の計画なんかを超越する勢いで、カラダが〝子供を産めーー！〟と、叫んでいるのかもしれない。だって、母性本能が、カラダの中から湧いて湧いて湧いて、溢れちゃっている、という感じなのだ。でも、だからといって、「そうだ、京都に行こう！」のＣＭみたいな手軽な感じで、「そうだ！　子供を産もう！」という訳にもいかない。（いくら少子化だからってそういうＣＭが流れていないのも納得）。ま、もし本気でそう思えば、結婚しなくても、金がなくても、セックスして妊娠すればいいのかもしれないけどさ、それって凄い勇気いるし……。

でもその前にまず、私には〝ザ・禁煙〟という最大の関門があるわけだし……（涙）。babyGapで歓声上げた後で、ＧＡＰの脇にある喫煙所でイップクしてんじゃねーよって話でしょ（号泣）？

ながーく付き合った男の、次の男

運命ってタイミング？度★★★★☆

「8年付き合った男と別れた後、次の男とスピード結婚しちゃった！」

なんていう〝なが〜く付き合った男の、次の男と結婚した女〟のはなし。実際にその流れを歩んだ女からも、別れたばかりの女に速攻結婚された男からも聞いたことがある。そして〝知り合いがね〟という人づてのはなしでもコレ、よく耳にする。そのたびに私は、う〜ん、と小さくうなっちゃう。

結婚願望がある女なら、ひとりの男と何年も付き合っていれば当然、結婚が視野に入る。未来をまっすぐ見つめる、目線の先に。たとえその〝結婚〟というもの自体の輪郭はぼやけたままでも、なが〜く一緒にいるから、その後の2人の結婚生活はリアルに想像できるようになる。良い面も、悪い面も。しかし、なが〜く一緒にいるからこそ、得たものへの喜び（良い面）が薄れ、失ったものへの嘆き（悪い面）が大きくなってしまうことも少なくない。

恋人との交際歴8年の女友達W（当時28）は、こう言っていた。「彼は、一緒にいて世界で一番ラクな存在よ。離れるなんて想像もできないし、結婚するつもり。でもさ、夫婦になる前にすでに〝お互いの空気みたいな存在〟になっちゃってるってのも、どうなんだろう……。たまに〝あぁもう一生ドキドキ恋する気持ちを経験できないのか〟と思うあの、なんともいえない残念感は否めない。まだ独身なのに、既に恋愛に対する欲求不満度はいわゆる〝人妻級〟だな……」

そして、その数年後、Wはこう言った。「結局、それも原因のひとつだったよね。別れちゃった。8年も一緒にいたから、一人になったら猛烈な寂しさを感じたよ。でもね、その〝寂しさ〟と今まで求めてきた〝恋愛ドキドキ欲〟とで、次に出会った男との恋に燃え上がっちゃったの。プラス、前の彼を当てはめて8年間計画してきた未来予想図、つまり〝自分の結婚プラン〟は、彼と別れてもまだ自分の中には根強く残ってるものなのよ。ってことで、その3つが合体した勢いに乗って、新しい男とスピード婚。出会って半年で結婚しちった♪　アハハー」

アハハ、じゃねぇよと笑いながらも、恋人との交際歴5年半、今年27歳になる私に迫る、笑えないリアリティ。そして浮かび上がる、2つの大きなクエスチョンマーク。

もしWが、8年間続いていた男と、ラクだけどドキドキしない〝人妻状態〟を嘆いていた時点で既に結婚していたとしたら、本当に人妻だったら、別れていただろうか？　きっと「結婚ってこんなものか」って思いながら、離婚はしなかっただろう。つまり、まだ結婚していないのに、既に夫婦みたいな関係になっちゃった恋人同士って、ちょっと危険なのかもしれない。

まだ独身だからこそ、結婚に対する〝夢〟は捨てきれない。だけど目の前にある付き合いの長い男との関係には、〝現実〟の夫婦の姿を見てしまう。そのギャップの狭間に立ちながら、結婚って思っていたより遥かにつまらない制度なのかもしれん、なんて思いをどこかに感じながら、「さぁ！　8年間温め続けた愛を、この永遠を、神に誓いましょう！」と、大声でプロポーズする気には、なかなかなれないものだろう。男も、女も。だって、なが〜い時間をかけて愛を深め合っているあいだに、〝情熱〟ってものは、生ぬるくなってきているところなわけだから……。

しかし、だからといって、8年付き合っていた男と別れて、次の男と出会って半年でスピード婚というのもまた、大きなハテナを私に食らわせる。

ねぇ、結婚って、タイミング？　一生涯の中で〝一番愛する男〟と結婚するものだと信じたいのに、実は、一生涯の中で〝一番タイミングよく出会った男〟と結婚するってことなの？　そのタイミングこそ、自分の力ではコントロールが利かないものだから、人はそれを〝運命〟や〝縁〟と呼んでいるの？　だとしたらロマンティックなコトバ第1位に選ばれそうな〝運命〟って、めっちゃ現実的でロマンスとはかけ離れていないかい？

う〜ん……。

〈続く〉

あなたは永遠の愛を、誓えますか？

冷静と情熱のあいだに、yes! 度★★★★☆

前回のコラムで、8年付き合った男と別れ、その1年後に、次の男とスピード婚をした女友達のはなしを書いた。共に過ごした長い年月の中で〝結婚するタイミングを逃した〟というのは、よく耳にするはなし。ってことは結婚って、タイミングがすべてなの？　だって、愛は？　だって、ロマンスは？　——と〝ロマンティック〟が大好物の私はちょっとゲンナリした。

しかし、よくよく考えてみると、だ。結婚をするのに〝勢い〟は絶対に必要だ！　なぜなら、冷静に、まじめに、深～く深～く考えてしまえば、結婚の約束、つまりは永遠の愛の誓いを、100％の確信を持ってできる人などいないから。

「この先、死ぬまで、彼だけを愛することを誓いますか？　この先、死ぬまで、約60年間、ほかの男に恋心は抱かない、彼以外とは絶対にキスもセックスもしないことを、あなたの命にかけて、誓いますか？」

結婚の約束を、重～く重～く考えればこういうことだと思うのだけど、それを真剣に考え込んでしまえば、未来の見える占い師でない限り、正直な本心はこうだろう。

〝……ち、誓いたいです。誓いたい気持ちはとても強いですよ。でも、未来のことなんて、わ、わ、分からないです……。い、い、命は、かけられないです……〟

でも、結婚式で、こんな風にバカ正直に答える者はいない。いたとしたらやはり、バカヤロウと罵倒されるだろう。結婚する人は皆、「誓います」と、永遠の愛を誓うのだ。そしてきっと、本心から、純粋な気持ちでそう答えていると思うのだ。

ではなぜ、そんなことができるのか？　冷静に重たく考えてみたら、そんな約束、超怖いのに、保障なんてどこにもないのに、なぜキッパリと愛を誓うことができるのか。それはやはり、２人が〝勢いに乗っている〟からである！　お互いに惚れ合い、ちょっと色ボケしているからである！　それこそ、ロマンスの成せる業！　そして、きっとこの〝勢い〟が、タイミングと呼ばれる一番のものだろう。

この勢いのタイミングこそ、実はとても難しい。アホみたいに燃え上がった恋も、何年も経てばその勢いを失い、２人は冷静になる。色ボケから完全に目を覚ましてしまう頃、現実がとてもクリアに見えてしまうので「永遠、なんてハチャメチャな約束、できないよ！　結婚ってリアルじゃねぇ！」ということになる。しかし、恋が燃え上がり過ぎている時に、「〝勢い余って〟間違えた相手と結婚しちゃった！　離婚しまーす！」というのもよくあるはなし。ということは、結婚するタイミングとして一番理想的なのが、頭の中が〝色ボケ〟と〝現実思考〟のちょうど中間の頃ということになる。

最近、20代後半～30代前半で結婚した友人たちを見てみるとやはり、「付き合って4年。でも、遠距離恋愛だったの。だから一緒に暮らせるのが嬉しい！」とか、「付き合って1年半。同棲して1年。お互いのこともよく分かったし、まだ付き合いたての頃みたいにラブラブよ♪」とか、〝まだまだ恋してる！　でも現実的にもちゃんと考えたよ！〟というカップルがとても多い。

一方で、私が20歳くらいの時に結婚したカップルは、「出会って数ヵ月で、できちゃった結婚」というパターンが多く、残念なことにその半分くらいの夫婦が、既に離婚してしまっていたりする。そしてもう一方で、「同棲して7年。結婚って、なんだろうね……」と結婚への勢いを失いかけ、〝結婚って何？〟迷子になっているカップルがいる。それを考えるとやはり、２人の関係が情熱的過ぎても、冷静過ぎても、結婚は難しいということになるのだ。

結論。結婚の理想的なタイミングは、冷静と情熱のあいだ、である！

きっと、もっと、いい男①

尽きぬ欲望度★★★★☆

中学生の頃、彼氏ができるたびに、私は授業中に浮かれた気持ちでスケジュール手帳を机に広げ、彼と付き合った日にハート印を付けた。そしてパラパラとページをめくり、1ヵ月記念、2ヵ月記念、3ヵ月記念とハートを付けた。しかしその1週間後には非常にダークな気持ちで、別れた日に丸を付け、また同じようにページをめくり、祝うことのなかった記念日のハートを1個ずつ修正ペンで次々と塗り潰していった。3、4回そのパターンを繰り返した後の私の心は、すげぇ空しかった。(笑)。

そう、あの頃、恋愛が続かなかった。なぁんてカッコイイもんでもなく、たった数週間で終わってしまい〝付き合った〟うちにも入らない、意味の分からない恋(?)を繰り返していたのだ。(もちろん当時は、迷うことなくそれを〝恋愛〟と呼び、そんなチープな関係だった男子を堂々と〝元カレ〟の人数にカウントしていったが……(笑))。周りの女子も私と同じように、彼氏が欲しいばかりに恋の妄想に突っ走り、ようやく〝付き合う〟に至っても、つまんない問題が発生してすぐ散る（例えば、部活が忙しいとか、そんなの）、というのを繰り返していたので、学校内で半年間も付き合っているカップルは、憧れの対象として崇拝されたものだった。10年前の私たちは、「付き合いが長く続くこと」を、まず第一に求めていた。（だって、続かないから）。

そして10年後、私たちは〝大人の女〟へと成長し、恋愛スタイルも大幅に変化した。恋の妄想に突っ走るどころか、逆に恋にブレーキさえ踏むようになったオトナ独特の慎重さから、一度〝付き合う〟まで至った男とは、続くようになった。時に、長く続き過ぎるようにもなった（笑）。同じ中学からの女友達で、〝2時間目の授業中に付き合って昼休みに破局した〟という（中坊独特の）男女の付き合い最短記録を保持しているP（26）だって、今の恋人と10年目！　10代後半を3ヵ月ごとに違う男の家を転々としていたB（28）も、恋人と8年目！　かつてスケジュール手帳が修正ペンだらけになっていた私（26）も、恋人と6年目だ。

「今の男と長いよね～」

「あんたんとこも長いよね～」

なんて会話をよく交わすが、私たちの声はキャピキャピなんてしていない。冷静にその事実を発言している、という声のトーンだ。「付き合いが続くこと」に憧れていたシーズンは、もうとっくに終わり、今度はこんなことを愚痴る。

「長く付き合いすぎてるな～」

それは、今は今で別のことに憧れているからだ。それは、ズバリ、「理想的な結婚」。

「今の男と結婚すんの～？」

と聞かれ、「うん。したいな～」と私が答えると、他の2人が顔を見合わせて驚いたので、私も驚いた。「そんなに長く付き合ってるのに、結婚は考えないの？」と言う私に2人は声を揃えてこう言った。

「だってさ、きっと、もっと、いい男がいるって、思っちゃうんだも～ん」

〈続く〉

きっと、もっと、いい男②

幻想度★★★☆☆

かつて中学生だった私たちは、「一人の男と長く続くこと」を夢見ていた。そして10年後の今、一人の男と長く付き合っている状態になったらなったで、「長く続きすぎた」なぁんて愚痴をこぼす。果たして私たちは、オンナノコよりもたちの悪い、汚れたオンナへと成長してしまったのだろうか……⁉

恋人と付き合って10年目の女友達P（26）と、8年目のB（28）は、「恋人と長く付き合い過ぎてしまった」と後悔する理由をこう話す。

「付き合って1年目くらいのラブラブを通り越したから、結婚する〝勢い〟を失ったんだよね～」

「お互いのことを見せ合い過ぎて、結婚する前に相手の嫌なところを熟知しちゃったからなぁ～」

「もう既にセックスレスだから、結婚したら私、もう二度とセックスする機会がないかも……」

では、なぜ別れないのか、理由を聞くと、彼女たちはこう言った。

「もう一緒にいるのが当たり前になりすぎていて、今更別れるなんて想像もつかないよ」

「女友達にみ〜んな恋人がいるから、一人でシングルになっても週末とか、すごい寂しそう」

「嫌いな訳じゃないし、好きってよりも愛してるから、彼を悲しませることなんて出来ないなぁ」

そして、彼女たちはこうまとめた。

「でも、きっと、もっと、いい男がいるって思っちゃう。運命の男ってやつ？　今の恋人にはないナニカを持ってる、いい男が……」

一人の男との付き合いが長くなるにつれ、そして結婚を意識する年齢になるにつれ、女は色んなことを考えてしまう。自分の未来に繋がる、とても大事な、いろんなこと。だけど、未来は分からないし、考えても答えが出ないから、皆その結論に、取りあえず逃げようとするのだ。〝きっと、もっと、いい男。その男に出会えれば、私の人生はすべて、上手くいく〟。子供の頃に絵本で読んだ、お姫様のように……。馬鹿みたいだけど、本当に、切実に、女はそんな風に考えてしまうことがある。私自身も、今の恋人と、2年前の夏に別れたのは、そんな幻想を追ってのことだった。だけど、別れてみて、分かったことがある。

彼にはないナニカを持っている男、を捜していたはずなのに、彼が持っているナニカを持っていない男ばかりが目についた。「彼だったら、そうしないのに」、「あ、彼だったら今、笑ったのにな」って……。長く付き合っていたからこそ見えなくなっていた恋人の持つナニカを、とても恋しくなって、私はすぐに恋人のもとに走って戻った。長く続く男というのは、自分との波長が合う男であり、その波長とは、付き合った期間をかけて2人で作ったもの。今は愚痴っている女友達だって、実際に恋人と別れたら号泣しちゃうのを、私は知っている。

私たちは、「一人の男と長く続くこと」を夢見たオンナノコから、たちの悪い、汚れたオンナに成長してしまった訳じゃない。今、私たちが夢見ているのは、「一人の男と一生続くこと」。それは、中学生の頃みたいにフワフワした夢ではなくて、人生をかけたひとつの大きな決断なのだ。だから迷うし、「きっと、もっと……」と欲もでる。

でも、最後の男との恋愛に、男との結婚に、純粋に恋焦がれる気持ちは、あの頃となにひとつ、変わっていないのだ。

さいごのおとこ

Chapter 5.

Looking for the Very Last Man.

ずっと欲しかった男の体

寂しかった度★★★★★

「大きなテディベア」

中1の時、朝のホームルームで配られたアンケートの中の〝今一番欲しいものは？〟という質問の下に、私はそう書いた。それを見た担任教師は私の母に「お化粧なんてして背伸びしていますけど、やっぱりまだ子供なんですねぇ」と、〝微笑ましい〟というニュアンスを持って言ったらしい。私は思った。〝ぜんっぜん違うよ、悪いけど……〟。

13歳だった私は、自分の体よりも大きいテディベアを必要としていた。「まだ子供」だからじゃない。「もう子供じゃないのに、男に抱かれるほどは大人ではなかった」からだ。寂しくてひとりで泣いている時に、抱きつく対象として、欲しかった。つまり、まだ手に入らない〝男の体〟の代用品として……。女がいない男がダッチワイフに助けを求めるような感覚で、男がいない私にはテディベアが必要だったというわけ。

小学校高学年～中学生女子の内面は、大人や男子が思いたいほど「子供」では、まったくない。生理も始まっていて、ブラジャーだってつけていて、体だってもう「子供」じゃない。身も心も、周りが思っているよりも遥かに「女」なのだ。個人差はあると思うけど、私は10歳になる前から、自分の中に根付いている〝寂しさ〟を埋めてくれるのは「男」しかいないということに気づいていた。でも、周りの男子は「男」からは遥か遠い「子供」だし、周りの大人は自分のことを「子供」だと思い込んでいるし、それでいて子供みたいに、寂しい時に大人に「抱っこ～」なんて甘えられるわけでもない。だから私はいつも、どうしようもなく、寂しかった。

アンバランスさを抱えて生きるその年頃の女子って、大変。まだ処女である自分たちが意識していなくとも、その症状は〝欲求不満〟。結果、男日照りにより心が乾いて性格がねじ曲がってしまったお局女と同じような過程で、性格が悪くなる。そんな女子同士が共同生活をしいられる小学、中学時代というのは一言でいえば、グロイ。仲間はずれに、ひがみに、いじめ……。表面上は仲良しでも、背中を向けた途端に陰口の嵐。寂しい時に抱きしめてくれる「男の体」の欠落は、女をここまで精神的に不安定にさせ、性悪にさせる。その証拠に、自分の「男」ができはじめる高校時代、「女」は中学時代と比べれば、遥かに優しくなる。

小6の女子が同級生を殺してしまったり、自殺してしまったというニュースが流れるたびに、コメンテーターの大人たちは「まだ子供なのに」と悲しむが、もし私が人生の中で人を殺してしまったり、自分を殺してしまっていたとしたら、間違いなくこの時期だったように思う。殺人や自殺を肯定する気はないけれど、それほどに、「女」が「子供」として生きるのは、とても苦しいのだ。

「早く大人の女になりたい」

テディベアを胸にきつく抱きながらそう思っていたあの頃、私が欲しかったのは、抱きしめた時に優しく抱きしめ返してくれる、男の体。

大人の女になりたかった理由

恋人度★★★★★

私は母と、たまに大喧嘩をする。母と娘って、そういう関係なのかもしれない。中学の頃から、朝、通学してきた女友達の目が真っ赤に腫れていれば、〝あぁ、お母さんと喧嘩したんだな〟というのは暗黙の了解だったしね。「どうしたの？」ではなく、「お母さん何だって？」という質問からよく一日が始まったものだ。

それにしても、うちの喧嘩は猛烈に激しい。（だからこそ、母と私はこんなにも親密なのだけど）。そして、子供の頃からの〝母と娘のヒステリー対決〟の歴史こそ、私のこの恋愛体質のルーツだろう。私には、子供の頃にひとり、泣きじゃくっていた夜がたくさんある。人よりもちょっぴり、多いと思う。その度に感じていたのが、喧嘩してどんなに傷ついても、母には父がいるのに、子供部屋にひとりで戻るしかない私には誰もいない、という悔しさと、寂しさ。「こんなにも辛いのに、私には抱きしめてくれる男がいないじゃない！　あたし寂しいじゃん！　可哀そうじゃん！」と、枕に頭をつけて私は泣いた。親に泣き声を聞かれたくなくて、下唇を噛みながら泣いていた。

そんなことを思い出したのは、今日、母と大喧嘩したからだ。泣きすぎて頭がかち割れそうに痛かった。懐かしいその痛みに酔う余裕もなく、私は母との電話を切った次の瞬間には恋人に電話をかけていた。

「いまどこぉお？　あたしはいまぁ、お母さんとぉ、けんかしたぁあ、うっ、うっ……」。泣きじゃくる私に恋人も焦ったのか、彼は「すぐに帰るよ！」と言ってくれた。

仕事の先輩と居酒屋に入る一歩手前だったという恋人は、私の好きなプリンをお土産に、ダッシュで家に帰ってきてくれた。涙と鼻水でぐしゃぐしゃに丸まったティッシュの山の中に倒れてヒックヒックと震えていた私を見つけて、恋人は言った。

「泣かないで」

彼の優しい声に、私の目からまた、熱い涙がダーッと流れてきた。いつだって人は、泣いている時に他人に優しくされるともっと泣いちゃうものだけど、その時の私の涙はそれ以上の喜びを含んでいた。私は、恋人の背中に両腕をまわし、両手で彼の体にしがみついた。恋人の胸に顔を埋めて、いっぱい涙を出して、大声をあげて泣いた。恋人の手が、私の頭を撫でていて、恋人の指が私の髪をすいていた。〝男の体だ〟と、私は思った。〝私がずーっと求めてきた、寂しい時に抱きつくための、男の体だ〟と。全身で泣いているその体を、すくうようにして抱きしめてくれる、男、という唯一の存在に、私は思いっきり甘えた。乱れていた心が、あぁ、落ち着いてゆく……。

恋人の胸から顔を離して、私は言った。「ねぇ、プリン食べさせて」。恋人は笑いながら、「鼻水でてるよ」と言って、私の鼻をぬぐってくれた。泣き声を殺して泣いていた10歳の女の子だった頃よりも、「男」は、「大人の女」な私を「子供」にしてくれる。

〝本当に良かった、大人の女になれて……〟

恋人の暖かい腕の中でそう思いながら、私は母を想っていた。父は、海外に単身赴任中なのだ。私に傷つけられて、今、母が実家でひとりで泣いていたら、どうしよう。お父さん、早くお母さんのもとに帰ってきてあげて。私もお母さんも、傷つけば泣いてしまう、子供っぽい女なのよ。「男」がどうしても必要な、「女」なの。

30手前の大逃亡

恋の大飛行度★★★★☆

「永遠を誓えるような運命の男と、30代は共に生きていたい。恋を繰り返した20代は楽しかったわよ、と余裕の微笑みと共に振り返ることができるような、30代を生きていたい」

結婚という枠にはとらわれずとも、そう願う20代後半の独身女は、多いというより、ほぼ全員。「年齢にとらわれず、たくさん恋をして、刺激的な人生をおくりたいの」なんてカッケー台詞をオシャレに吐くには、エネルギーが不足してくる20代後半。新しい恋が始まる時の、あの快感とも呼べる楽しさ、もちろん知っている。だけどそれより、恋を繰り返すことに、もうグッタリ疲れました……。

欲しいのは、〝最後の恋〟。

しかしなかなか出会えない、〝運命の男〟。

そんな現実に直面した女は、ワープする。

最近、周りが忙しい。「やっぱりね、結局ね、元カレかもしれない」と運命の男を見つめるために〝過去〟に逃亡しはじめた女友達、4名。「もう日本にはいないのかも……」と母国に見切りをつけ、〝新しい未来〟を求めて海を越えた女友達、8名。もちろん後者は、恋愛のために海外に飛んだわけではない。

旅行で訪れたロンドンに惚れ込んだという女友達A(29)は、日本にいながらロンドン勤務のための就職活動をはじめ、同時にITエンジニアとしての腕をあげるための猛勉強をし、2年かけてやっと現地採用の内定をもらった。日本の大手企業で働いて4年が経ち、まだまだ男性優位の社会を目の当たりにした女友達B(26)は、女だからこそより高い学歴の必要性を感じ、ハーバードの大学院に進学した。そのIQ、計り知れぬ上に、共に美女。ハッキリいって、熱いため息もんだ。

他にも「20代最後に挑戦したいの!」と、ワーホリでオーストラリア、留学でニューヨーク、ボランティアでアフリカ……と、次々成田を飛び立つ、女友達。マジでかっこよすぎる、女たち。

しかしそんなカッケー彼女たちも、乙女な本音をチラリと漏らす。

「この人だ！　っていう恋人が今いたら、飛べなかったかも」

「向こうで素敵な出会いがあったらいいな、という大きな期待はもちろんある！」

「キャリアのために海外へ」とは堂々と言えるのに、「恋を求めて海外へ」とはちょっと言いにくそうに小声で照れる彼女たちに、私は大声でエールを送る。

「そりゃそうだよ！　キャリアだけじゃなく、ラブを求めるのは当然だもん！　人生の2大目的を胸に飛ぶなんて、そんなドラマチックな挑戦はない！　むしろ恋に落ちるためだけに飛ぶんだとしても、そんなロマンチックな旅はない！」

　恋愛を恥じる理由なんてどこにもない。自己実現という夢の平行線上に、パートナーを見つけるという夢だって、もちろん並んでいる。海外だけに限らない。新しい土地への引越しや、新しい仕事への転職。新しい恋愛への期待が含まれる出発は、いつだってロマンチックな挑戦だと思う。


　どんなに仕事に情熱を持っている女だって、恋愛は別腹。ほとんどの女はいつか、運命の男ひとりを見つけ、繰り返してきた恋愛の旅に終止符を打ち、彼と一緒に根を張りたいと思っている。女が仕事を持たなかった昔は、結婚とは〝男が〟地に足をつけることを意味していた。ひとりの女のもとに根を張り、家族をつくるのだ。今は、女だってそう。結婚という形式だけにとらわれずとも、誰もがみんな、落ち着ける場所を探している。女たちは、仕事をしながら、時には海さえ越えながら、自分の居場所を探している。

その居場所とはやはり、愛する男のもと。それは、どんなに時代が変われど変わらない、強い強い想い。恋愛は、本能なのだ。

欲しいのは、〝最後の恋〟。
出会いたい、〝運命の男〟。
必要ならば海さえ越える。
自分の居場所を、求めて。

最後の男

運命の出会いは神秘的！度★★★★★

「私が〝最後の男〟と出会ったのは、恋愛にへとへとになり、もう恋愛はこりごりだと、キャリアアップのためにハワイへ飛ぶことを決めた矢先のことでした……」

　前回のコラムを受けて、読者のKさんからこんなメールが届いた。「分かる！　そのタイミング、すごく分かる……」と私はひとり唸りながら、その足で女友達との待ち合わせのカフェへ向かった。前回のコラムに書いた、来月イギリスに飛び立つAと、である。するとAまで、

「出発前だっていうのに、ものすごくフィーリングの会う男と、出会っちゃった……。まだどうなるかは分からないけど、遠距離になってもこの気持ちは変わらないと思うの」

　なんなんだ、これは！　実は、今ワーホリでオーストラリアに滞在している女友達も、出発が決定してから日本でまさかの〝最後の男〟との出会いを果たし、「この運命を試すつもりで1年間頑張ってくる」と、男と婚約してから飛び立った。メールをく

れたKさんも現在、ハワイでウエディングプランナーとして働きながら、遠距離恋愛で〝最後の男〟との愛を育んでいるんだとか。そして私にも、似たような経験がある。〝最後の男〟ならぬ、〝最初の男〟とだが……。

今からちょうど9年前、LiLy、17歳の夏。私は2年間のフロリダ留学中で、夏休みに一時帰国して日本に戻っていた。〝さて、あと3週間でフロリダに戻らなきゃ〟というタイミングで、人生初のリアルラブに落ちてしまったのだ。「遠距離恋愛なんてムリ」なんて言う人もたまにいるが、彼等は分かっちゃいない。「遠距離だからって好きな気持ちを消す方がムリ」ということなのだから。

出発までの日々……。私は息が苦しくて、心が寂しくて、胸が痛くて、泣きじゃくった。

〝出会うって分かってたら私、留学なんて取りやめたのに！
もう飛ぶ手配ぜんぶ済んでんだよ！　神様のバカヤロー！〟

自己実現という熱い夢を胸に留学を決めたはずなのに、これが悲しき恋愛至上主義者ＬｉＬｙの、心からの本音であった（涙）。でも、その時は思わず罵《ののし》ってしまった神様だけど、さすがは神というだけあって、その出会いのタイミングは、ほんとうに神秘的。

「あ～出会いたい！　あ～も～今すぐ出会いたい！　だって寂しいよ！　誰かを思い切り愛したい！　あ～も～早く私を見つけて！　抱いて！　抱っこして！　愛してＹＯ！」

と運命の男を求めすぎて脂汗かいている時には、出会えないものなのだ。その寂しさと必死さだけで、好きでもない男を「運命だ！」と思い込んで空回るのがオチ……。

（あぁ、はい、私も何度か……）。

そして、「男とか、そういうんじゃなくて、まずは自分だよね。きちんと自分の足で立って、自分の未来のために今、自分が何をすべきかを見つめよう！」と冷静に一歩を踏み出した矢先に、そのご褒美なのか、試練なのかよく分からない絶妙なタイミングで、本物の出会いがやってくる。これ、とても不思議な事実。よく言われている〝出会いは、求めていない時にフトやってくる〟という実例だ。

結局、私の遠距離恋愛は、実ることはなかった。今振り返ってみても、当時の私の想いは本物だった。だけどその想いとは関係なく、彼は私にとっての〝最初の男〟であり、〝最後の男〟ではなかったということなのだ。そして私はそれで良かったと思っている。それに、最後の男となら、たとえどんなに距離が離れていようと、どんなに長いあいだ会えなかろうと、結ばれる運命にあるのだ。だから、遠距離恋愛中は寂しくて不安になるのは当然だけど、本当は、なんにも心配することはない。

そしてもうひとつ。思い返してみれば、物心がついたころから私は、ううん、女の子は誰もが〝運命の出会い〟を待ち望んでいる。最後の男に一刻も早く出会いたいと、神様に祈るような気持ちで、夢見ている。

「あの子はもう出会ったのに、私は?」
「もう○○歳なのに、私はまだ出会えないの?」

私もずーっとそう思ってきた。その出会いが早ければ早いに越したことはない、と。
だけど今、21歳の時からの5年越しの恋人が、私の〝最後の男〟だと確信している今、

「彼との出会いがもしあと10年遅くても、それはそれでとても贅沢で、幸せなことだっただろうな」と思う。特に、恋愛至上主義の私のような女には。

恋人と出会ってからの5年半は、私の今までの人生の中で一番幸せだ。だけど、それを手に入れると同時に、人生の中で閉まった扉もある。〝自己実現という夢だけを追って、好きな時に好きな場所へ、自分勝手にヒラヒラと飛べる〟。そんな自由な扉を、私は自らの手で閉めたのだ。だって、最後の男のもとに根をはって、最愛の彼と家族をつくりたいから……。

遅かれ早かれ〝出会えば〟、それを望むことになる。だからこそ、その瞬間を「早く早く」とガムシャラに焦る必要なんてないのだ。むしろちょっと遅いくらいの方が、ラッキーかもしれない。〝出会う〟までの自由期間を、思う存分に謳歌できるのだから。

それに、神様って、かなり、やりよる。きっと、それぞれにとってのベストタイミングで、その出会いをもたらしてくれるものなのだ。ふと恋愛を忘れ、自分自身をきちんと見つめたその瞬間に、突然……。

さいごのおとこ症候群

彼弁護より自己弁護?度★★★★☆

渋谷。PARCO、パート3。ケーキと紅茶のセット、760円。赤に、透明、水玉模様に、黄色……。土砂降りの雨の中、色とりどりの傘をさして歩く人たちをガラス越しに見つめていると、カチャッ。女友達J(27)が、黒いライターで白いタバコに火をつけた。

そして、

「やっぱ、女好きって、なおんないのかな」

Jの恋人——3年の付き合いの中で浮気の前科2度アリ——のはなしだ。シルバーの丸い灰皿をテーブルの真ん中に置いてから、私も、カチャッとタバコに火をつけた。

「う~ん、そりゃ男は女が好きだとは思うけど、その好きの度合いは、それぞれ違うよね」

「あいつ、結婚しても、浮気するかな?」

「それは、分からないけど、彼はリスク高いかもね」

聞かれた質問に私が正直に答えると、Jはほんの少しだけ、ムッとする。そして、

「でも、どんな結婚にだってリスクは付き物でしょ? だったら、彼だけじゃないよ!」

「…………」

Ｊはいつも、恋人の問題を自分で口にしておきながら、他人に〝彼はやめといたほうがいい〟と言われそうになった途端、今度は自分で恋人の弁護にまわる。

これは〝最後の男症候群〟の分かりやすい症状だ。

最後の男症候群。現在恋人がいるけれど、彼が〝最後の男〟だという確信はまだ得られない。だからといって、また新しく恋をはじめるなんて、「もう疲れたよ、そういうの……」とため息をつく女たちがよく陥るシンドローム。

「今の恋人が、最後の男だと思う。だけど、嫌なところもある。だけど、完璧なヒトなんていない。だけど、もっといいヒトがいるのかも、とも思う。だけど、今からまた新しいヒトを一から探して、自分をまた一から知ってもらう、なんて長い道のりを考えるだけで憂鬱になる。

だからお願い、彼が私の最後の男じゃないなんて、絶対に言わないで！」

〝私は最後の男をもう見つけている〟という安心感。これは女にとって、計り知れない心の安定をもたらしてくれる。だから、〝このヒト、ちょっと違う〟とふと思ったとしても、その安心感を失いたくない一心で、女は恋人を全身全霊でフォローする。恋人を愛しているから、というのももちろんあるけど、本当は、〝大丈夫、このヒトが最後の男だよ〟と自分自身に言い聞かせるために、そして自分が安心するために、という方が大きいのかもしれない。

「だけど、ほんとは、最後の男こそ妥協したくないの。だけど、今の恋人を最後の男だと思わずに付き合うなんて時間のムダ！　だけど、別れるなんて辛すぎる。だから、私は彼が、最後の男だと思う。そう、思うことにした。だけど、合わない部分もある……。だけど、だけど、だけど………」

「だけど」と「だから」が、頭の中で永遠にグルグルと回っているため、自分でも答えが分からない。迷い。混乱。そして、ため息。

Jは、迷ってる。他人からのアドバイスを、欲しているようで欲していない。だから私も、黙ってる。
店員の女の子が、ショートケーキを2つ、運んできた。わたしたちは2人で、雨の渋谷と自分たちを仕切るガラスを見つめながら、ぼんやりタバコの煙をくゆらせた。

「微妙」と言われる男

そんなの関係ねぇ（↑既に死語）度★★★★★

「彼、最高じゃん！　はぁ。（こんな完璧な男が実在したんだね、というため息）」

女友達Y（27）は恋人を誰かに紹介するたびに、全員にそう言われ続けてきた。27歳、佐藤隆太似のイケメンで、職業、獣医、温厚な性格、恋人以外の女にあまり興味がない清純派、両親は2人とも医者で、実家は渋谷区に大豪邸、その上、三男坊。Yの恋人は、全国女子が思い描く理想の男像にガッチリ当てはまる、〝ガチ☆ボーイ〟だったのである。（佐藤隆太似なのでかけてみた）。

そしてそんな彼は、美人なYにぞっこん。これがもし少女マンガの世界だったとしても、〝うそくせー〟と読者が萎えちゃいそうなこの設定を地で突き進む2人の関係に、周りはただただ感嘆のため息をつくしかなかった。

もちろんYも彼にメロメロで、〝結婚するなら絶対にこの人〟と思っていたのだが、3年半の交際を経て、〝そろそろ結婚か？〟と周囲が勝手に思っていた頃に突然、Yから別れてしまった！　当然Yは、「なんで？　どうして？　あんたバカじゃないの？」と色んな人に言われまくり、その質問がトラウマ化したため、しばらくのあいだYの前ではそれがNG話題になっていた。Y本人からの回答を得られなかった周りの人々（特にYの家族）の間では余計に、〝一体なんで、あんな非の打ち所のない彼と別れたんだろう〟というゴシップトークは白熱していたのだが……。

そんなほとぼりも冷めてきた頃、Yに新しい恋人ができた。32歳、バツイチ、ファミレス店長、モノマネが得意な三枚目の性格で、顔、実家、は共にフツーの、ひとりっこ長男。そんな新恋人を誰かに紹介するたびに、Yは今度は全員にこう言われた。

「彼、微妙じゃん！　はぁ。（完璧な男を振ってこの男か、というため息）」

その時Yは、ウフフ、と思ったそうだ。なにも周囲の人を落胆させたことに快感を覚えたわけではなく、ただ、「みんなには分からない彼のよさが、私にだけは分かるんだ」という思いが、Yに男への愛情を再確認させ、それが嬉しかったのだという。

「実はね、完璧な彼と付き合ってた頃は……」と、Yが遂に謎の破局について語り出した。「彼の条件があまりにも良すぎて、彼のことが好きなのか、彼と一緒にいる自分が好きなのか、よく分かんなくなっちゃったの。彼がみんなに褒められるたびに、そりゃ最初は誇らしい気持ちになったし嬉しかったんだけど、あまりにも褒められすぎて、アレ？　って思い始めちゃったのよ。私は彼のこと本当に好きなのかな？　って考えはじめたらとまらなくなって、そういえば誰も私に〝彼のどこが好きか〟聞かないなあって思って。そりゃ、好きになってあたりまえの条件を兼ねそなえた男だから、〝どうして惚れたか〟なんて誰も疑問に思わなかったんだと思うけど……。でもね、そしたら、気付いちゃったの。

彼に初めて会った人が彼を絶賛する理由と、彼と付き合っている私が彼に感じている魅力がイコールだってことに……。普通、付き合っているからこそ分かる恋人の魅力っていっぱいあるはずでしょ？　それが、見当たらなかったの。彼、すごくいい人だったけど、一緒にいてつまらなかった。それは付き合ってすぐに気付いたんだけど、でも彼の素晴らしい条件がそんな小さな不満はかき消した。そりゃそうよ、私だって完璧じゃないもの。でもねだからこそ、〝なんか違うって思うけど、こんないい男を逃しちゃいけない〟って使命感で付き合い続けたの。最悪って思われるかもしれないけど、キレイゴトじゃいかないよ。結婚を意識した20代後半の女が、完璧な条件の男を振っていいものか、私、丸2年悩んだよ！

それって、彼にもすごく失礼な話でしょ？　私もハッピーじゃなかったし。だから、思い切ってお別れした。そしたら、おっきな自由を手に入れた気がしたの！　フワーッて背伸びして、やっと深呼吸ができるって感じだった！」

ハッピーな人だけがだせるオーラをキラキラ発しながら、Yは顔いっぱいに微笑んだ。

「そっかぁなるほどねぇ～」と私は興味深く頷いた。

2人のことは2人にしか分からない、とはよく言うけれど、逆にいえば2人にしか分からないモノをたくさん共有できること、が2人にとっては何より大切なことなのかもしれない。周りの人々には分かり得ない、当人同士の互いへの想いって、なにより親密。もちろん、恋愛中は相手のことを美化しすぎちゃうことも多々あるから、周りからの冷静な意見を聞くのも大事だけれど、「微妙じゃん」と周りに言われたとしてもまだ、「彼は私にとっては最高なの」と自信を持って言えるなら、彼はほんとうに貴女にとって完璧な男なんだと思う。

ファッションはね、周りからの評価を得るためのツールだと思う。〝自分のためにオシャレしてテンションをアゲる〟ってのも、もちろんあるけど、それは〝オシャレな自分を他人に見せてアガる〟ってことだと思う。（だって、誰も見ていない家の中で〝オシャレは我慢〟とかって、ウエストを締め付けるコルセットワンピを一日中着てる人なんていないでしょう？）

でも、恋愛は、〝完璧な男と一緒にいる幸せそうな自分を他人にみせてアガる〟ってわけにはいかない。だって、恋愛は、誰も見ていない家の中で親密に育まれるものだから。その時に、周りからの評価なんてどうだっていいんだよね。家の中で、2人きりでいる時にアガれなきゃ、ハッピーではいられないんだから！

父という男

隠れ影響力度★★★★★

親としての父ではなく、異性としての父の存在というのは、娘にとって〝化粧下地〟みたいなものだと思う。自分の肌にピタリとフィットするファンデを選ぶ前に、女の素肌には既に〝父〟という化粧下地が塗られていて、透明なのでそう気にはならないのだが、ファンデを塗った後での仕上がりを見ると、〝あれまぁ！　下地ってバカにできないのね……〟ってくらい、地味にデッカイ影響力。

その証拠に、女友達の〝男の好みのはなし〟には時々、それぞれの父親が絡み合う。「私は早くにお父さんを亡くしたから、すごく年上で〝父親のような包容力〟を持った男に弱いのかもしれない～」とか「母に暴力を振るう親父が大っ嫌いだったのに、気づけば自分も暴力男ばかりを好きになる……What a FUCK？」とか、「優しいばかりで頼りないパパのせいでママが苦労してるの見てきたから、私はちょっと威張ってるけど頼り甲斐のある男と結婚したのよ〜」とか、「なんだかんだで経済力が半端ないうちのお父様ってサイコーってことに気づいたからアタシ、お父様みたいな男と結婚する！」とかね。

将来、どんな男と、どんな家庭を築きたいか。結婚も子育ても〝未知〟なる独身女が、頭の中で理想の家庭を想像する時、その〝基準〟となるのは自分が生まれ育った家庭。一番身近に見てきた〝男と女〟が両親なのだから、〝彼らの関係〟が自分の恋愛観に与える影響は絶大で、〝父〟という異性の存在は無意識にも、自分の男選びの〝ベース〟となっている。

数年前、私は気がつくと、なんだかいつも困ったような顔ばかりしている時期があった。恋人とはラブラブなのに、幸せなはずなのに、〝あれ？　なんかちがう……？〟、〝でも、なにが違うの……？〟と、原因のよく分からない〝アンフィット感〟を感じていた。それは、化粧を終えて鏡を見た時に〝あれ？　これ私？〟と、ちょっと仕上がりに不満を感じるような感覚と、少し似ていた。「ヤダ！　この化粧、私に似合わない」

と顔をゴシゴシ洗ってしまうような不快感では決してなく、なんとなく違うんだけど、なにが違うのかよく分からないから、〝クエスチョンマーク〟が常に浮かんだような困った顔になっていた、というわけだ。

私はぼんやりと悩んでいた。〝私の最愛の恋人は、そのまま私の最愛の夫となり、私たちの子供の最高の父親になるだろうか……〟と。そして私は〝彼の最愛の妻となり、私たちの子供の最高の母親になれるだろうか……〟と。その答えが分からなかった。「絶対なるっしょ！　だって、愛し合ってるんだも〜んっ♪」という気持ちと、「でも、恋人同士は愛し合ってるだけで〝満点〟でも、夫婦とか家族とか子育てとか、愛だけでクリアーできるもんじゃないのでは……？」という疑問が入り乱れた。

そしてその悩みをもっと突き詰めて考えてゆくと、私が家庭を思い浮かべる時に基準となる自分が育った家族の価値観と、彼のそれにズレが生じていないかどうかが不安なんだ、ということに気がついた。別々の家庭で育った他人同士が、互いの価値観を譲歩しながらひとつの新しい家庭を築いてゆく、という〝結婚〟の難しさに輪をかけて、私が育った家庭のリーダーである父と、私が作ろうとしている家庭のリーダーになる恋人が、あまりにも違うタイプだから余計にとても不安になった。（まぁ、父はリーダーであり、母がボスである、というのはおいといて……）。

私の父は、東大卒で、大手企業のサラリーマン。私の恋人は、高卒で、当時はアルバイト契約で力仕事をしていた。学歴や収入で男を見る、ということを異常なほどに（それはもう、ゲロ吐きそうなくらいに）嫌っている私は、そんな違いを不安に思う自分にものすごく戸惑ってしまった。ただ、父の社会的地位や安定した収入に私がどれだけ守られて育ってきたか、大人になって初めて実感した私は、やはり少し、考えてしまったのだ。別に学歴とか収入の多さ、はどうでもいい。私もずっと仕事を続けたいし、学歴だけあったってバカな奴は腐るほどいる。ただ、安定した収入は、譲れないと思った。子供を生んだり育てたりで、女の私がどうしても仕事を休まなければいけない間は、産休手当てが保障されていないフリーランスの私を支えて欲しいと思った。

自分の中での〝クエスチョンマーク〟がそこまでハッキリとしたところで、私は勇気を出して、胸の内をすべて、恋人に明かしてみた。男としての彼の自尊心を傷つけないように丁寧に言葉を選んで、父親のこと、家族のこと、将来の子育てのことなどを話した。そして私が彼をどんなにどんなに愛しているかを伝え、その愛ゆえに（?）、

「社員になってくれなきゃ、結婚できない」と。（↑結局ストレート）。

彼は、真剣に話を聞いてくれた上で、「分かった！　俺、がんばるよ！」と力強く言ってくれた。私はもう本当に嬉しくって、今まで自分の中だけでウジウジ悩んでいたことがバカらしくなった。〝あぁ、なんていい男なんだろう。そうだよ、彼なら分かってくれると思ってた。話せばよかっただけなんだ！〟と。そして、私は彼にばっと抱きついて、「私が25歳までに♪」と満面の笑みで付け加えたのだった（笑）。

〈続く〉

一緒に戦った男

深い絆度★★★★★

バブル時代。絶好調の景気の中、社会全体が調子にノッてた頃、〝3K〟という言葉が大流行していた。（私は当時小学生で、『ちびまる子ちゃん』の中にチラッと書かれていたさくらももこさんのエッセイでそれを読んだ。でもまだ全然ピンとはこなくて〝ふ〜ん〟って感じだったけどね）。3高＝高学歴、高収入、高身長＝理想的な男の3大条件＝3高以外はアウトオブ眼中（死語）みたいな時代だったらしい。さすがはバブル。女も調子ノッてんなぁって私は思うんだけど、実は今でも、女が〝結婚相手を条件で選ぶ〟というところは一般的には変わってはいないようだ。しかも、景気が悪くなればなるほどそうなるのかな、とも思う。そして、条件を重視する女の気持ちも分かる。

ただ、私は幸か不幸か、ロマンス至上主義。男には、頭ではなくハートで惚れたい。本能的にビリビリと痺れるような恋しか、したくない。時間の経過と共にその刺激は衰えるとしても、痺れたハートの思い出というのは永遠だ。私がおばあちゃんになった時、隣にいるおじいちゃんの横顔に〝かつて私のハートを打ち抜いた男〟の面影を見出してウフフ♪ってなるのが夢なのだ。「ったく、ロマンチストだねぇ～」って既婚者の友達に呆れられる（バカにされてる？）こともあるけれど、私はいいのだ、それで。笑いたけりゃ、笑え！

しかし、私はロマンチストであると同時にリアリストでもあったりする。（でました、矛盾。でもこれ、本当）。ハートで惚れた男の、結婚相手として、人生のパートナーとしての条件的に「ん？」という部分を気にしないのではなくて、一緒に向上していこう！という考えだ。要は、自分の全身全霊をかけて、惚れた男の〝アゲマン〟になれるよう、私はめちゃくちゃ努力する。それが、ロマンス重視の恋愛で幸せになる唯一の方法だと思う。〝男を育てる〟という言葉はあまり好きじゃないから、言うならば〝一緒に戦う〟という感じ。

数年前、「私が25歳までに、正社員になって欲しい」と、恋人に話し、「俺、頑張るよ！」という心強い返事をもらってから、私たちの戦いは始まった。恋人の転職活動は、なかなか思うように進まなかった。そこに就職する、という約束で仕事を手伝っていた人に裏切られたり、興味のある会社の応募要項の条件に引っかかったり……。必死になって頑張る恋人と、必死になって応援する私。ラスト半年は、私が彼の生活費をサポートした。（ただ、ここがサゲマンとアゲマンの最大の分かれ道だと思っていたので、私はそれが決して当たり前ではないことをしつこくアピール）。あまりにも私がしつこいので、当然、大喧嘩（笑）。仲間であるはずの私たちなのに、お互いの感情や苛立ちが何度も何度も衝突。ヒステリックになった私の泣き叫び声に、恋人の怒鳴り声……。でも最後にはいつも、「一緒に頑張ろうぜ！」と戦友同士、力強くハグをした。

そうして、戦い開始から1年ちょっと経った頃。彼は約束通り、私が25歳の時に、正社員になった。私は、泣いた。めちゃくちゃ感動したんだ。もう、彼の経済的な安定とかそんな次元の話じゃなくて、一緒に何かをやり遂げた達成感に、想像以上に深まったお互いの絆に、そして私のために、自分のために、２人の将来のために、と頑張りまくってくれた彼の男っぷりに、ハートを打たれまくったんだ！（ついでに自分のアゲマンっぷりにもね。笑)。私たちは2人して大感動し、「お疲れ!」と熱いハグをした。

彼の就職という戦いは、私たちのパートナーシップを育ててくれた。5年半付き合った中で、2人でしたどんなことより、私たちの愛を深いものにしてくれた。〝正社員〟といったって、終身雇用の時代なんてとっくに終わり、一生安定した仕事なんてどこにも存在しちゃいない。私なんて、明日はどうなるか分からないフリーランスの物書きだしさ。でも、この戦いで私たちが得たものとは、「これから何があったって、2人で力を合わせて戦えば、どうにかなるっしょ!」というお互いの絆に対しての自信。これ、3高なんかよりもずっと、結婚生活に必要なものだと私は思う。そしてこれは、汗と涙と時間と愛を惜しんでは手に入れることのできない条件なんだ。

そして、この戦いの中で、私たちは将来の子育て論を一致させる機会も得た。「やっぱり大学出てないと就職の幅が狭いね。親は俺を進学させてくれようとしてたのに、俺グレちゃってたからなぁ……。子供には絶対に大学に行かせてあげたい!」という恋人に、「うん、そうだね。何か極めたい道があるなら別に進学しなくてもいいけど、そうじゃないなら大学には絶対に行かせてあげよう！　私も貴方もお互い思春期に暴れた者同士。子供がグレそうになった時は力を合わせて頑張ろう！」と、固い握手を交わしたのだ。

ちなみに、半年間の私の経済的サポートのお礼に、とそれ以来、同棲中のマンションの家賃は彼がすべて払ってくれている。それに、私にそんなサポートができたのも、もとはといえば彼のおかげ。何でもない日にお花やケーキをプレゼントしてくれたり、と常に優しい態度と言葉で私の心をケアしてくれたり、同棲してからも私に家事を一切求めず、「夢を頑張れ！」と、精神的にも肉体的にも、私が仕事に打ち込める環境を作ってくれているのは彼なのだ。自称アゲマンの私も、彼の究極の〝アゲチンっぷり〟にはかなわない。

私は恋人にものすごく、感謝している。そして彼をものすごく、尊敬している。彼はこのコラムを読まないと思うけど、でも、書いておこう。

貴方と出会えたことは、私にとって、人生で一番幸運なことでした。私は貴方を、心の底から愛しています。一緒にいてくれて、一緒に戦ってくれて、本当にどうもありがとう。

娘を大事にしてくれる男

それが、なによりたいせつ度★★★★★

26歳になったばかりの去年の年末、私は男にまつわる人生の初体験をした。恋人を父に紹介する、というアレである。〝え～？　初めてなの？　ウソ～〟と女友達には驚かれたが、うちはそういうところだけは昔から堅く、高校生の頃から、カレシを家に連れてくるのは〝基本的にはＮＧ〟という空気が漂う家庭だった。

父、というよりも母がそういうのが苦手なタイプで、当時は、「家片付けなきゃいけないしソワソワしちゃうからやめて」とよく断られていた。そのたびに私は「でも○○ちゃんちは（↑ティーン時代の定番文句）カレシが普通にいつも遊びに来てて、家族と一緒にご飯いったり超仲良しなんだよ！」と反撃し、母に「うちは○○ちゃんちじゃないんだから仕方ないでしょ（↑ティーンを持つ母親の定番アンサー）」と返され、ケンカになったりもした。20歳で実家を出てからも、「お正月カレシも連れてく〜♪」みたいなカジュアルなノリは許されなかった。――といっても、私の恋愛に関してはオープンで同棲も認めてくれているし、母は恋人と何度も会っているのだが、父は海外勤務で4年間も日本にいなかったし、母が〝父との対面を最後の切り札として残している〟という感もあって、今回が〝父、娘の男と会う〟の巻、我が家にとっての初体験だったのだ。

緊張の日曜日。快晴の朝。恋人は、いつも大事にしている（？）ヒゲも躊躇することなくツルツルに剃りおとし、いつものデニム&Tシャツではなく、グレーのパンツに白いシャツ、オレンジ色のセーターに黒いジャケット、というちょっと〝よそいき〟の格好をして、ちょっと長めの黒髪をナチュラルにセットした。私は〝別に自分の家族だし〟、〝でもまぁ特別な日だし〟と考慮した結果、お気に入りのPAUL&JOEのワンピースを着て髪を巻いた。

2人で渋谷の東急本店に寄って、彼がバローロとクッキーを手土産に買い、タクシーの中で手をガッチリと繋いで、いざ出陣！（ちなみにこのオシャレなワインセレクトは、私たちには思いつかず、土屋アンナセレクトだ。朝、私たちの大事な日のために、とわざわざ東急まできてくれた。ほんとうに優しい）。

約束の銀座のうどん屋さん（Why UDON?）についた頃には、恋人はガチガチに緊張していた。つられて私まで、ちょっとドキドキ。両親がエントランスから入ってくるのがみえた時には、まるでウルトラマンの怪獣の登場シーンのように〝きた～！〟と思った（笑）。「何でそこに座ってるの？ 個室とってあるよ」、「あ～そうなんだ」という母と私の会話の横で、父と恋人は無言で会釈。やや緊張感の漂うお堅いムードの中、デニム＆無精ヒゲルックの弟が到着すると、彼のそのカジュアルすぎるいでたちにより、空気が少し和《なご》んだ（笑）。私たち5人は細いテーブルを挟んで、弟・恋人・私vs.父・母という席順で着席した。

それぞれのうどんが到着すると（Why UDONの答えは弟で、彼は寿司が嫌いなのだ）、なかなか話題を切り出せずにいる緊張しまくりの恋人に、父が、「今日は話があるそうですが……」といきなり本題に入った。全員の視線が恋人に集中。ピリリとした空気が流れた。

「はい。ご挨拶が遅くなってしまって申し訳ないのですが、結婚を前提に真剣にお付き合いさせて頂いています。今日はそのご挨拶にと思ってきました」

恋人の口から初めて聞くあらたまった台詞に私は胸を打たれながらも、今度は父に全員の目が集中。

「妻や娘から、とても誠実で優しい方だとお話は聞いていました。お会いしてみて、ほんとうに感じのいい方で安心しました。ひとつ、伝えておこうと思うことが私にもありまして……」

〝え……。なに？　なによ？　おとーさん〟と私は一瞬凍ったが、父はすぐに続けた。

「私と会うことで学歴のことを気にしているということを聞いたのですが、正直に言って、私は学歴なんてこれっぽっちも関係ない、と思っています。娘を大事にしてくれる、ということがなによりも一番大事なんです」

急に目頭がカッと熱くなって、鼻がツンとした。でも泣くなんて恥ずかしすぎるから、私はキュッと下唇を噛んで、〝べつにー〟って顔をしてお茶をひとくち飲んだ。（ケンカ以外のシーンで親の前で泣く、ということが私にとっては何よりも照れくさいのだ)。でも本当は、私は〝父〟という男に猛烈に惚れ直していて、感動のあまりに心の中は涙の大洪水だった。

「はい! 大事にします!」

恋人がそう言って、父が差し出した右手を、固く握った。私はもうめちゃめちゃ必死になって涙をこらえながら、〝エヘヘ〟みたいな気持ち悪い笑みを一生懸命つくって顔に浮かべた。だって、いろんな感情が心の中からどんどん湧き出てきて、もうぐちゃぐちゃになるくらいに感動しちゃったんだもん。

その後で、父は恋人に「娘のどこが好きなんですか?」と嬉しそうに何度も聞いていた。女の私には〝父親の気持ち〟って、なんとなく想像はできる〝母親の気持ち〟の100倍くらいに分からないものなのだけど、もしかしたら、娘を愛してくれる男の出現、というのは親として、嬉しいことなのかもしれないな、と思った。口ベタな恋人は、「人柄です」とか「顔です」とか、大雑把すぎる謎の回答を繰り返していたが、父はアハハと笑って喜んでいた。

立場的にも唯一〝緊張感ゼロ〟を貫くことができた弟は、「お前はどうだ？　元気にやってるのか？」と父に聞かれて、「あー、俺はボロボロ。会社やめてー！」と愚痴ったりして、この会の中でなんとも〝いい味〟をだしていた（笑）。恋人も、「いやぁ～。ごーちゃんがいてくれて助かったよ～」と弟にすごく感謝していたようで、食事会が終わって父と母と別れた後、気分が盛り上がっていた私と恋人は銀座の街で次々に弟に色んなものを買い与えた（笑）。

父と恋人の共通点。それは、私を大事にしてくれる、というところだった。それは、彼等のアウトラインの違いにばかり目がいって、不安を感じていた頃の私が見落としそうになっていた、〝いちばんたいせつなこと〟だった。「肩書きやお金よりも大切な何か」。生きるうえでなによりも重要なその価値観を、私に教えてくれていたのは、他の誰でもない、私の父と母だったのだ。

私を大事にしてくれる世界中で最も大切な人たちを、私もずっとずっと、なによりも大事にしていきたいと、心から思う。

最後の愛の言葉

ありがとう度★★★★★

〆切に追われすぎて立ってしまったアホ毛を帽子で隠し、ハダシにムートンブーツを履いて出かけたコンビニで、私は肩と耳に携帯を挟んで母と話しながら、おにぎりの具を選んでいた。鮭とツナマヨの間で揺れながら私が母の話を「うんうん」と聞き流していると、突然、母が悲しそうな声を出した。

「黒川紀章さんが亡くなったわね」

「え、建築家の？　本当に？」

私は驚いた。だってついこの前、スマスマでキムタクと元気に話しているのをＴＶで観たばかりだったから。「突然のことだったらしいのよ」と母は言った。そして、母は続けた。

「奥様の若尾文子さんがね、黒川さんが亡くなる2日前に病院で、〝私はあまりいい奥さんじゃなかったわね〟って伝えたら、黒川さんは『そんなこと、そんなこと……』って言葉を詰まらせて、そして、『本当に好きだったんだから』って、おっしゃったんですって。それが、最後の言葉だったらしいの」

母の声は少し、震えていて、私は何も、言葉がでなくて、ボロボロボロボロ、こぼれる涙をどうすることも出来なかった。


『本当に好きだった』


黒川さん（73）が、妻である若尾さん（73）に贈った、最後の言葉。24年間、連れ添った〝永遠〟の恋人への、〝永久的な〟愛の言葉。

こうして書いていてもまた、涙が込み上げてくる。だって、こんな風に人を愛したいものだと、こんな風に人に愛されたいものだと、心から思わずにはいられない。こんな風に愛し合った男女がいるということに、私は心の底から感動せずにはいられない。

黒川さんのこの一言は、きっとずっと、私の心に残るだろう。膨大な制作費をかけてつくられたどんな恋愛映画より、分厚いハードカバーのどんな恋愛小説より、ずっとずっと心を動かされる、魂を揺さぶられるような、ひとつの、嘘のない、最後の、本物の、愛の言葉。世界中に数多くの素晴らしい建築物を残した、アーティスト、黒川さんは、世界中のどこにでもいるような、スッピンでコンビニに立っている、永遠の愛に憧れる一人の若い女の心に、永遠に残る希望をも、残してくれた。

「え？　青山のベルコモンズも設計されたんっすか？　俺、いつもタクシーで、〝ベルコモ右に曲がって下さい〟ってタクシーの運転手さんに言ってます！」

キムタクがスマスマで黒川さんに、そう言っていた。「私もー！」と思ったので、よく覚えている。

これからまだ続く、若き私の人生の中で、信じているはずの〝永遠の愛〟を見失いそうになることがきっと何度も、あるだろう。でも、ベルコモを右に曲がる度に、きっと私はいくつになっても、思い出す。黒川さんと若尾さんの、永遠の愛を。愛の言葉を。

さいごのおとこ

永遠度★★★★★

今から約4年前、23歳から書き続けてきたこの連載は、『おとこのつうしんぼ』、『タバコ片手におとこのはなし』、そしてこの『さいごのおとこ』と書籍化されて、今まさにわたしが書いているこのエピソードは、3部作のエピローグ。

この最終話を書く頃には、もしかしたら私は恋人と結婚しているかもしれない、とずっと思っていた。結婚って何だろうと迷いながら、考えながら、このコラムを書いていく中で自分なりの答えを見つけ、彼と永遠を約束できたら幸せだと思っていた。ここで彼との結婚を報告するという〝オチ〟は、作品としても、私の人生のひとつの節目としても、素敵なんじゃないかって思っていた。

それなのに、この本の、私の恋の結末は、私自身もまったく予想をしなかった展開を迎えてしまった。すべての原稿を入校しなくてはいけない校了日である今朝、今これを書いている数時間前に、私と彼は、5年半の恋人関係に、ピリオドを打った。

もちろん、色んなことがあった結果として別れに流れついたのだけど、つい数日前まで、私たちはお互いの永遠を信じようと必死だった。言い換えれば、私たちの間にどんなことが起こっても、いろんなことにギュッと目をつぶって、諦めようとしていたのだと思う。それが、永遠を手にいれるために必要な犠牲なのだと、私は自分に言い聞かせてきた。〝もしかしたら私たちは合わないいんじゃないか〟と感じてしまう瞬間を、他人なのだから合わなくてあたりまえ。愛し合っているから、大丈夫。彼が、私の運命の男と思うことでやり過ごしてきた。そうやって信じることが、永遠を手に入れる唯一の方法なんだと、すこし悲しい気持ちになりながらも前向きに考えることで、２人の関係を大切にしてきた。きっと、彼も同じだったんだと思う。

とても皮肉なことだけど、私たちが結婚について具体的に話し始めたのは、２人が将来に同じビジョンを抱けない、タイプが違う者同士なんだということに、お互いが気付き始めた頃だったように思う。もともと、身を置く業界も遊び場所も性格も、すべてが正反対であるからこそ惹かれ合っていたような私たちは、いつからか〝２人の結婚〟と〝２人の子供〟について話すことでしか、同じ未来を見られなくなった。もちろんその時は、２人で幸せな家庭を夢見ることができることに幸せを感じていた。

でも、いつの間にか、それしか、共有することができなくなってしまっていた。
私は、それでいいと思っていた。だって、私たちのあいだにあった愛は、本物だったから。毎日はとてもあたたかく、とても幸せだったから。たとえ男女としての愛は過ぎ去っていたとしても、兄妹、姉弟のようなこの愛情は、きっと永遠に続くとお互いが確信していたし、結婚に必要な愛とは、そういうものなのだと思っていた。２人とも必死で、そう思い込もうとしていた。

一緒に、いたかったから。
別れたく、なかったから。

だけどついに、自分たちをごまかし切れないところまで、私たちはきてしまったんだと思う。私は、彼が大好きなあまりに自分で自分にかけてきたすべての自己暗示から、解かれてしまった。今まで必死になって閉じてきたドア、諦めてきた未来への可能性が、ひとつずつ開かれてゆくのを感じると、今まで手に入れたくて仕方がなかった彼との将来像が、音を立てて崩れ始めた。私は泣いた。５年半も信じてきた永遠が幻だったという事実が、すごくショックだった。私自身も、〝自分は違う〟と思いながら書いていた〝さいごのおとこ症候群〟に、どっぷりとはまってしまっていたのかもしれない。

私たちは数日かけて話し合い、ついさっき、「ありがとう」というお互いへの言葉を最後に別れた。2人がもっと幸せになれるように、という前向きな別れだったけれど、とてつもなく悲しかった。愛し合い、お互いを幸せにしようと思ってきた私たちが、別れというかたちで、お互いを傷つけ合ってしまったことが、すごく悔しかった。だけど、彼は本当にいい男だから、いつか私よりも合う、素晴らしい女性と出会い、幸せになるだろうと確信できる。そう思うと、私はすこしだけ穏やかな気持ちになれるんだ。

彼の幸せを、心の底から願うから。別れてしまった今、私のこの仕事のせいで、彼のプライベートもたくさん巻き込んで色々と書いてしまったことがとても心苦しく、申し訳ない気持ちでいっぱいなのだけど、私が真剣に彼を愛してきた証として、彼が許してくれたらいいなって思う。

ああ、
この人生が終わりを迎える時、
私は、誰を、想うだろう。
その人こそが、私の最後の男。

生きている限り、何が起こるか分からない人生だ。〝結婚〟が永遠の愛を保証してくれるものだとは、もう思わない。永遠をつくりだす唯一のものは、〝死〟なのだから。

限りのあるこの不安定な人生が終わりを迎えた瞬間、その人生は決して変わらない前世の記憶となって、どこかで永遠に眠り続ける。その時、心にある愛が初めて、永遠となる。

またひとつ、別れを経験してしまったけれど、今、私は〝運命〟を信じている。出会った瞬間に〝この人だ〟と直感するような運命的な出会いを、私は今、とても強い気持ちで信じている。自己暗示など必要のない、100%の心で永遠を直感できるような男と、私は結婚する。絶対に、妥協はしない。結婚相手としての理想的な条件うんぬんに対してではなく、自分の直感にだけは、１ミリも妥協を許さない。だって、私が子供の頃から胸に抱いてきたいくつかの夢の中でも〝運命の男との結婚〟は、最もロマンティックな、私の心の宝物だもの。

この素晴らしい世界にあたえられた、
このかけがえのない有限なる人生を、
そんな最後の男と共に、
歩いていけますように。
愛と愛を繋いで、永遠まで……。

〈完〉

結婚ってなんだろう。幸せってなんだろう。答えのないものだからこそ、考えることをやめられない。そんな中で書いたエッセイです。最後まで読んでくれて、どうもありがとうございました。

連載中からお世話になったグラマラス編集部の太田さん、どうもありがとうございました。結婚への迷いや恋愛市場からの卒業の意味も含ませて、「黒いウエディングドレスしかねぇ！」と思いいたった私に、素敵なドレスを選んでくれたスタイリストのみっちゃん。カメラマンのあべちゃん。ヘアメイクのせっちゃん。いつもどうもありがとう。撮影場所を提供してくれたテイク アンド ギブニーズの青山迎賓館の皆様にもお礼を。空の下の真っ白なチャペルに、撮影クルー（20代後半女たち）一同、憧れの熱いため息をもらし続けました。一緒に写真に写ってくれた恋人も、ありがと。

この本は〝おとこシリーズ〟の第三弾で、1冊目の『おとこのつうしんぼ』、2冊目の『タバコ片手におとこのはなし』と合うような装丁をデザインしてくれた、デザイナーの橋田さん、藤井さんをはじめとするａｔｔｉｋの皆様、ありがとうございました。ガールズトークはまだまだ止まりません。グラマラス公式サイトｇｌａ．ｔｖでの連載はまだまだ続きますので、この続きはまた、すぐにでも♪

窓からの風に秋を感じる、快晴の昼過ぎに。

２００８．９．24．ＬｉＬｙ

さいごのおとこ
20代後半戦《だいこうはんせん》、恋愛疲《れんあいづか》れと、結婚願望《けつこんがんぼう》

2008年11月7日　第1刷発行

著者　LiLy《りりー》

発行者　野間佐和子

発行所　株式会社 講談社
〒112-8001
東京都文京区音羽2-12-21
電話 03-5395-3971（編集）
03-5395-6324（販売）
03-5395-3615（業務）

装丁デザイン　橘田浩志 / 藤井靖子（アティック）
撮影　阿部ちづる
スタイリング　山脇道子
ヘア&メイク　SETSUKO

印刷所　凸版印刷株式会社

製本所　大口製本印刷株式会社

落丁本・乱丁本は購入書店を明記のうえ、小社業務部宛にお送りください。
送料小社負担にてお取り替えいたします。
なお、この本についてのお問い合わせは『GLAMOROUS』編集部宛にお願いいたします。

定価はカバーに表示してあります。

ISBN978-4-06-215134-4